ミドルノート
90后的她

[日] 朝比奈明日香 著　吴琴 译

北京联合出版公司
Beijing United Publishing Co.,Ltd.

香水会因为配料中各种成分在挥发性上的差异，而导致香气随时间产生不同变化。

刚喷洒到肌肤上的时候,最初几分钟的香气叫前调,紧接着的香气是中调,而接下来的香气,被称为后调,会一直持续到最后。

目 录
CONTENTS

Before...

- *003* 三芳菜菜
- *025* 板仓麻衣
- *049* 江原爱美
- *077* 冈崎彩子

After...

- *103* 三芳菜菜
- *136* 冈崎彩子
- *164* 板仓麻衣
- *187* 江原爱美

With...

- *201* 板仓麻衣 冈崎彩子 江原爱美 三芳菜菜

Before…

三芳菜菜

"某种意义上，这就是个演习而已。"

这句话，老公拓也已经说第三遍了。

"以后我可能会叫上司或者同部门的前辈来做客，那才是实战。今天来的不过是那帮家伙，失败了也没事儿，放轻松！"

"是啊，轻松点。"菜菜一边把洋葱切成薄片，一边随声附和。

她注意到拓也之前就有点坐立不安，时不时调整边几上相框和闹钟的摆放角度。昨天他突然说客厅的墙面看起来有点冷清，为了装点，下班路上特意去买了个花环。这次不过是公司同期们的家庭聚会，拓也担忧的"失败"到底指什么呢？

"如果不是有此机会，都聚不到一块儿。好期待啊……"为了让拓也放松点，菜菜故作开朗地搭话，同时把砧板上的洋葱薄片倒进水盆里。她已经准备好了几个菜品，给大家的饭和沙拉也分好了。但是突然觉得生鱼片直接摆上桌太简单了，决定腌制一下做成凉拌菜。虽然菜菜自己怀孕了不能喝酒，但想着生鱼片上稍微淋上一点柠檬汁会和第一口的香槟很搭。

"和小西还有坂东也好久没见了!"

"不过麻衣一直都在更新社交账号,所以和公司里其他的人相比,感觉见得多一些。"

"她是不是挺闲的。"这么说着,拓也终于笑了。

今天同期老友四人组和隔壁部门的冈崎彩子会来。

"呵,你瞧,正好板仓①在网上提到我们了。"拓也说着,把手机拿给菜菜看。

Maitakura:今天会去前公司的同期夫妇家做客!好期待呀!

同期中只有麻衣在用本名做自媒体。她光鲜亮丽,兴趣爱好也多,在社交媒体上很有人气,粉丝超过一千人了。

"看她这么说,开心是开心的,不过倒让我有点紧张了。"听到菜菜的话,拓也问道:"板仓现在在做些什么?有听说吗?"

菜菜想叫麻衣来吃饭的时候,拓也还嘀咕着不必喊已经离职的人,但这回好像对离职者的现状很感兴趣。

菜菜和拓也能够相识是因为大学毕业后进入了同一家食品公司。

---

① 板仓麻衣,板仓为姓,麻衣为名。在日本,习惯尊称对方的姓。关系比较亲近的,才会叫名。——全文脚注皆为编者注

那会儿同期进公司的新员工有十几个，但是在实习期被分到了不同的工厂。当时恰好被分到同一个工厂的六个同期伙伴，这些年来一直通过网络群聊维持着联系。

而这群人当中，菜菜和拓也的交往让大家都很意外。

如今，距离入职已经过去快十年了，六个同期伙伴各自描绘出了不同的人生轨迹。

麻衣早已离职，成了网络撰稿人。西孝义在入职的第二年就被调到了地方上的事务所，前年才调回来。坂东贤太郎去年被外派到子公司，两个月前又被调了回来。虽说大家都各忙各的，不再像以前那样打个招呼就能聚到一起，但是网上的零星联络，还是让彼此的缘分留存了下来。

这次因为坂东从子公司调了回来，所以聊天群里的交流又变得活跃了。有人提出要不办个久违的同期聚会吧，说想去菜菜和拓也的新家看看，菜菜一高兴随口应道："好啊！来呀来呀！"谁知她这个率性之举却让拓也不高兴了。

虽说是不高兴，但拓也其实没有吐露什么怨言。可他这个人一有心事就全写在脸上，话也会变少，情绪的起伏特别明显。

邀请别人来家里做客，拓也一直以来都是推三阻四的。租房那会儿吧，说房子太小不方便；买了公寓后呢，就说菜菜怀孕了不合适。总之，拓也对邀请朋友来家里做客这件事很抵触。不要说是朋友了，就连双方的父母他都不乐意。但是这一次，菜菜还是想方设法让拓也同意了。因为她听已为人母的江原爱美说过，一旦生了孩子，生活就会整个大变样。所以想趁着身子骨还轻盈的时候招待同期们来家里一起开心地聚一聚。

菜菜甚至还邀请了隔壁部门的彩子，仅仅是因为听说她和自己同岁。菜菜就是这样一个喜欢招呼和款待客人的人。原以为彩子很可能会拒绝，没想到她立马答应了。菜菜和彩子虽然年纪一样大，但并不是同一时期进公司的。菜菜担心到时候如果同期的几个人聊得太火热怎么办，但是考虑到体贴照顾人的爱美也会出席，再加上跟麻衣、小西好久没见了，有一个新面孔混在里面，聊天的氛围感会比较好平衡……菜菜一边不自觉地斟酌着聚会成员的身份，一边浮想着这些人的面容，就这样做着菜，把拓也的不悦抛在了脑后。

现在想来，去郊外拓也家拜访时，婆婆也总是手忙脚乱的。拿出全新的拖鞋呀，一个劲儿找借口解释窗上的污渍啦，这些反而让菜菜诚惶诚恐，深刻感觉到拓也家完全不习惯招待客人。

与之相比，在地方小城开理发美容店的菜菜家总是门庭若市，来客不断。因为在店的旁边有一个空地，菜菜的朋友、菜菜弟弟的朋友，还有没什么关系的邻居家小孩，总会在玩耍过后进店里喝大麦茶。只要他们不打搅客人，菜菜的父母大都表示默许。等到上了初中，菜菜也有样学样地开始帮忙准备晚餐。在父母的夸赞和感谢中，厨艺成了菜菜的强项。这也是菜菜选择在食品公司就职的原因。在入职考核面试中，菜菜夸口说从小学到现在构思了一千个菜谱。"一千个"的确是夸大其词了，但是原创菜谱肯定不会低于一百个。即便是上了大学开始一个人生活，菜菜也很享受做饭。在小小的房间里，菜菜邀来小姐妹，社团还有课题组的前后辈，让他们品尝自己原创的下酒菜，还获得了"菜菜居酒屋"的美称。

说起来，刚入职公司的时候，还邀请过爱美和麻衣来菜菜居酒屋呢……

回想起她们到自己那个1K[①]的蜗居玩耍的日子，菜菜不由得嘴角上扬。那个时候刚刚步入社会，那些青春洋溢的日子现在回想起来，依旧令人怀念。那个时候，她们一会儿抱怨难以适应的工厂工作，一会儿感慨现场监工的训斥。而菜菜自己，则在一旁默默准备饭菜。对于能灵活运用单口煤气灶和微波炉做出一道道美食的菜菜，爱美和麻衣总是赞叹不已。

那会儿就跟集训住宿似的，大家一起睡过大通铺。想起麻衣曾因为地板硌得背痛而不高兴的样子，菜菜不禁轻声地笑了出来。

从来没想过步入社会以后还能交到朋友，所以能和同期处得这么好，菜菜觉得自己很幸运。但这种朋友和学生时代的朋友还不一样。公司的同期，有种在一个团队奋斗、惺惺相惜

---

① 1K公寓，"K"是英语Kitchen（厨房）的简写，1K的户型，在日本指的是带厨房的单间公寓房，厨房和房间是分开的。

的同志感，是非常特别的伙伴。虽然麻衣已经离开了公司，但只要打个招呼就会像今天这样为自己特意跑过来。

菜菜细细打量了一下同期们即将看到的客厅。阳光洒落在白色墙壁前，高山榕和月橘的叶片熠熠生辉。

这些绿植在拓也单身的时候就一直养着，和他挑选的古董风家具很搭，面对美丽的摆设，就算菜菜天天住在里面，也忍不住想要拍照。（自己可是曾经蜗居在月租五万日元的1K小屋里呢。）

现在这个家，是双方父母各自资助一点，再加上夫妻俩的积蓄凑成的首付买下的。六十平方米，需要还三十五年的贷款。虽说是朝东的二手房，但是面向阳台的两间房连起来组成的这个客厅，在拓也的打点下井井有条，看起来就像个咖啡馆。

昨天他买回来的花环，是菜菜不会选的那种绿色。雅致的花环往白墙上一挂，整个空间立马就显得洋气了许多。俩人初次见面那会儿，拓也的服装和用物就显得非常讲究，和菜菜以前见过的男生完全不同。这是她第一次遇到熟读时尚与家装杂志，会把自己拍摄的日常家居用品照片传到网上的男生。所以当拓也提出交往的时候，菜菜着实吓了一跳，对自己能否配得上他感到怀疑。而且拓也比菜菜具有更强烈的结婚意愿，不到半年就求了婚，这让她在突如其来的人生转折面前有点畏缩。

拓也最后一次检查完厕所和洗手台，看到菜菜正在把鱼块切成薄薄的生鱼片，他说："你怎么一直站着。菜我待会儿来做，你先过来坐一会儿吧。""没事儿，就剩一点了，让我弄完吧。"菜菜对拓也的体贴感到很开心，明快地回答道。

虽然孕吐的时候她总是觉得困，浑身乏力，但是进入稳定期后身体情况好多了。以前坐电车看到孕妇，总是担心挺着这么大的肚子出来走动能行吗？等到自己怀孕了，才知道这个时期其实没什么大碍，反倒是还不显怀的时候更加难受。真是好不容易才熬过了妊娠初期。现在想来，自己那时顶着孕吐和困意还能坚持工作，真是不可思议。和那时相比，现在的菜菜孕相明显，她甚至感觉身体里充满着坚韧的力量。正这么想着，菜菜突然感觉下腹被人按了一下。

"好疼……"

最近总是这样，看来这个身体还是不能过分逞强。

"所以赶紧坐下啊！"

拓也的声音有点尖锐，菜菜本来是想用水把食材冲一下的，但因为不想惹拓也生气，慌忙地把刺身和洋葱浸泡到料汁里，便马上离开了厨房。早些日子，菜菜时不时就有下腹鼓胀的痛感，但只要坐一会儿就能恢复。拓也因为不了解这种感觉所以会过分紧张，但是自己心里清楚，这事其实没什么大碍。上个礼拜去妇产科检查，医生也说一切都很顺利。真的好想快点见到肚子里的孩子。另一方面，又担心一旦生下孩子，生活就会风云骤变。虽然读了很多育儿相关的博客和资讯,但其实还是不太能想象生养孩子到底是个什么样的感觉。

菜菜一直很想在休长假之前招待大家来家里做客。在同期的伙伴中,菜菜和拓也走到了一起,为了今后和其他同期好友的家庭也能好好来往,菜菜想提前把这种氛围调动起来,这样等孩子出生了,大家互相串门也容易些。

*

家庭聚会结束后,菜菜把收拾屋子的任务交给了拓也,自己把大家送到了公寓门口。然后带着笑意进入了电梯。

"家装真的很有品味!"

"这不就是星野度假村吗?"

"真像是画报里的家!"

大家进屋的时候,都对拓也和菜菜的客厅赞不绝口,上的菜也基本都吃光了。

"好久没有吃到菜菜做的菜了。"

"真的是!哪道菜都好吃!"

"让我想起了'菜菜居酒屋'。"

听到这个,彩子不禁愣了一下,一旁的爱美开始给她解释"菜菜居酒屋"的由来。

"菜菜是真心喜欢做菜才进我们公司的……这样的人可不多见哦！"

另外，麻衣给三个女性赠送了她亲手制作的原创香水，这件事也让菜菜很高兴。麻衣说，这是她自己用无水乙醇和精油混合调制出来的原创香水。对于香水，菜菜以前既不感兴趣也很少喷。但是最近自称"香氛设计师①"的麻衣对香水愈发有研究，给大家科普了很多这方面的知识。通过她的讲述，菜菜第一次知道香水的香气其实有三个阶段，分别是前调、中调和后调，代表着随时间推移而产生的不同变化。聚在一起的四位女性都喷上了同样的香水，结果因为被男性们嫌弃味道太冲，被赶到了阳台上。去阳台之前，菜菜稍微瞥了一眼拓也，看到他愉快地笑着，她才放下心来。

阳台上只有两张椅子，怀孕的菜菜坐下后，其他三个人靠在了栏杆上。大家一起望向天空，凉爽的秋风掠过脸颊，一轮明月像绘本中的那样又圆又大，悬在夜空中。

"真好啊，这样的日子。"麻衣说道。彩子也艳羡地点着头。爱美则像过来人似的说："等生了孩子，鸡飞狗跳的日子就开始了，趁现在好好享受二人世界哦！"

菜菜发自内心地觉得小姐妹能这样聚在自家的阳台上真的是温暖又美好，忍不住用几乎恳求的语气说道："即便我孩

---

① 专门研究和设计香氛产品，比如香水、香薰、室内香氛等的专业人士。

子出生了，你们也要过来玩哦。"

"真的可以吗？太好了！一定来！"听到三人异口同声的答复，菜菜不禁泪目。

"咦，怎么了？"麻衣吃惊地笑了笑。

"嗯，这个怎么说呢？"其实最吃惊的是菜菜自己。为什么要哭啊？这么想着慌忙拭去眼泪，不巧撇过了头，正好和爱美视线相撞。爱美没有多说什么，而是静静地坐在旁边，把手搭在了菜菜的背上。

虽然没告诉任何人，但菜菜最近一直很难入眠。接下来要停工进入长期的休假，迎接第一次的生育，然后和拓也一起抚养孩子……一想到今后的事，菜菜就莫名地害怕和悲伤，总会潸然落泪。明明下一个人生阶段看起来那么幸福，但所有的一切都让她感到不安，仿佛正面临一个无法挽回的开始。

通过阅读育儿博客和相关内容的杂志，菜菜明白这是孕期抑郁的表现。可她就是无法控制住自己胡思乱想的心和眼角滑落的泪。所以在从阳台回房间的前一刻，听到爱美用差不多只有她可以听到的声音轻声说"如果有事随时联系哦"时，菜菜真的很高兴，从心底觉得今天能把小姐妹聚在一起真好。

菜菜笑着目送大家的身影消失在路的尽头，并带着这份笑意回到了拓也等待着的房间，心想他肯定也很开心。毕竟拓也见到同期伙伴们时也是笑意满满，看起来很开心，所以当菜菜出了电梯回到房间听到他说"像这样的聚会以后就不要再搞了"的时候，整个人呆住了。

"'像这样的'是怎样的？"

"就是像今天这样把别人叫到家里来的意思。"

刚才还笑着说"收拾什么的让我来，你去送送大家"的拓也，这会儿懒洋洋地坐在客厅的沙发上，一脸不悦地跷着二郎腿。在他正前方的电视机里正播放着体育新闻。

"欸？怎么了？"菜菜问道。

拓也没有回答。

无视吗？菜菜咬起下唇。拓也时不时就会这样，一不开心就不理人。

"在生什么气呀？是我做错什么了吗？"即便这样追问，还是被他无视了。

——是我做错什么了吗？

自从结婚后，这就成了菜菜的口头禅。每次拓也不高兴，菜菜就会反思自己的过错，肯定是有什么缘故才变成这样的，而越是不清楚原因，越是焦急。

但是今天的这个情况，菜菜心里是有点数的。

"你还在因为香水的事生气吗？"菜菜小心翼翼地问出后，拓也叹了口气答道："因为那件事啊！"

因为那件事？菜菜难以理解。

"你呀，真的是，太迟钝了！"

这句话拓也刚才就和大家说过。虽然菜菜对这一评价有自觉。

在吃甜点前，麻衣给三个女性赠送了她亲手制作的原创香水，并解说道："前调是柑橘类的清爽香，过一会儿香气就会出现变化，慢慢转为紫罗兰的芳香。"

"香气会渐渐变化啊，真是太美妙了。"菜菜很想马上闻闻看，好说出自己的感想，这样麻衣也会高兴。

"真的吗？"菜菜记得麻衣说这句话时脸上的笑意，她一个劲儿地连续喷香水。也许的确喷得有点过了，不出所料，空气中弥漫着美妙的香气。

正当菜菜要表达自己的感受时，拓也却出声打断了她："怎么会有人在吃饭的时候喷香水啊！"并佯装无奈地和大家说，"她这人呀，真的是，太迟钝了！"

"啊，对不起。"在菜菜慌忙致歉的同时，麻衣马上打起了圆场："喷一点也没什么吧！……是很好闻的香气呢！"

"这是麻衣自己研发出来的香水吗？"爱美一边问一边喷在了自己的皮肤上。

如果不是因为香水，拓也到底在气什么？

菜菜觉得如果他不说，迟钝的自己是猜不出理由的。虽然很想改掉迟钝的缺点，但总是很难做到。菜菜以前就觉得自己是个不太能读懂气氛的人。比如不经意地说出其他女性介意的事，无心的一句话就让整个场面尬住，令对方表情僵硬。类似的事发生过好几次，但每一次其实她都没有恶意。

以菜菜的性格，她只要发现在场的人中有谁表情凝重，或者开始说一些深刻的话题，就会不受控地焦虑。为了让大家能高高兴兴地畅聊，会不自觉地傻乎乎赔笑。比起谈话的内容，她更重视整体的氛围。然而，越想在开心的氛围里和大家交流，越会在奇怪的方向上用力过猛，从而使周围人觉得她肤浅且不值得倾诉秘密。

也许是因为这一点，从来没有女性朋友和她聊恋爱的话题。像是谁和谁交往的八卦，她总是后知后觉。即便是关系处得很好的小姐妹，也不会和她说自己恋爱方面的事。这种时候菜菜自然是很受伤的，但又不想害别人因自己受伤的样子而担心，所以总是假装自己脑子空空，什么都没想。这个读不懂气氛的缺点，成年之后也没能得到改善，因此菜菜没少给拓也添麻烦。但是在过去，这个让菜菜一直隐隐自卑的缺点，在拓也的眼里是完全能接受的优点。

——我就喜欢菜菜表里如一的样子。

以前他可是这样说的呀。

菜菜和拓也从恋爱走进婚姻的速度很快。

缘分始于一年半前，爱美在同期伙伴中最早升任为科长的时候。二十多岁的科长对于公司来说是前所未有的，因此爱美受到了公司内外的关注，甚至还接受了媒体的采访。为了爱美的升职，大家调整时间举办了庆祝会。

虽然早过了约定时间，但是人迟迟没到齐。按时到场的拓也和菜菜两个人便一起待了一会儿。虽然刚入职彼此就认识，但单独相处还是第一次，菜菜难免有些紧张。在那之前，虽然也和很多人热热闹闹地聚过，但是从来没和拓也面对面交谈过。

为了克服这种紧张，菜菜热情高涨，凭借着天生的开朗，傻乎乎地跟拓也聊起天，努力不让彼此陷入沉默。但是拓也没能接住菜菜拼命输出的热情，最终话题告尽。就在菜菜想着一定要说点什么，一个劲儿转动思绪的时候，拓也突然压低了声音："那个……"接着脸凑了过来。他向菜菜吐露自己一直在独自承受着工作上的烦恼。菜菜知道拓也上学时梦想从事广告和媒体方面的工作，也曾在新入公司时听他说拿到过化纤制造业、中坚商社和食品公司三家公司的内定，但他最后选择的是食品公司。原因是听从了住在乡下的父母的建议，优先考虑了公司的知名度。

拓也最初被分配到了进口食品开发部门。这是个偶有海外出差，时髦且令人羡慕的部门。虽然去年被调到了销售部，但这也是有望晋升的路线。然而，本人却说，自己是因为没能在进口食品开发的工作上做出成绩，才被"踹到"销售部的。虽然得到了销售部部长的青睐，却不受客户欢迎，也未能得到后辈的认可。总之他觉得目前这个职务不太适合，想申请调到宣传或广告部门，但由于销售部部长很喜欢他，所以很难在年初提出调职的申请。拓也艰难的诉说令菜菜深感意外，他明明看起来做任何事都游刃有余，但偏偏向自己展露出了脆弱！

之后，因为其他伙伴陆续到场，拓也中断了话题。菜菜对拓也没事人般的言谈举止深受触动。明明自己很痛苦，却能用明快的笑容称赞爱美，还和大家一起热情交流。这样的拓也给菜菜留下了十分坚强的印象。和大家聊天时每每和拓也四目相对，菜菜总觉得一阵心疼。也就是从那天开始，她陷入了爱河。

"刚才让你看到我脆弱的一面，真的见笑了。"

当天夜里，拓也发来了短信。从那以后，菜菜就和他开始私下联系。两个人见面后，拓也会诉说销售工作上遇到的艰难和痛苦。菜菜为了鼓励他，会很夸张地说自己才是职场的笨蛋，比如在管理的工作上犯错、被上司和前辈批评……总之，为了让拓也高兴，菜菜总是开开心心地说着这些事。

此前从来没有注意过，但是这么聊起来后菜菜才发现自己对工作多少也有不满之处。本来是因为喜欢吃和做菜，才选择了这家主营冷冻食品的食品公司，渴望从事冷冻食品开发工作，却被分配到了管理部。办公室员工制服的管理、全公司备品的管理、活动和会议的布置和准备、股东大会的准备……和公司的冷冻食品开发完全没有直接的交集，而是不断辅佐其他部门员工的各种活动。刚开始大家都对刚分配来的新人颇感兴趣，所以菜菜也是全力以赴。但在那之后一直没有后辈进来，菜菜作为这个成员固定的部门老么，一直坚持到了现在。

"本来我是希望从事冷冻食品开发的，为此提出了很多企划，面试的时候也觉得很有把握。然而，也许是因为我接手了太多管理的工作，领导觉得与其把我调到开发部作为新人重新培养，不如维持现状比较好。"

听到菜菜的牢骚，拓也马上应和道："比起个人的期望，公司更注重整体的利益。肯定是上面觉得菜菜更适合管理的工作。"虽然这话是对菜菜说的，但可能也是对自己的劝解。拓也能从和自己所处情况不同的角度来看待问题，这让菜菜越来越被他所吸引。

自那以后，两个人的距离迅速拉近。约会数次后拓也提出了交往，菜菜着实吓了一跳。进公司没多久拓也曾和麻衣交往过，也是那个时候拓也亲自和菜菜说的。

"我想你可能会介意。所以还是由我来直接说吧。"拓也还表示今后不会和麻衣有任何私人联络。

听到这些，菜菜一脸茫然。先不说介不介意，拓也曾和麻衣交往这件事本身，菜菜都是第一次听说。而这也让拓也感到意外，毕竟同期的那些人几乎都知道这件事。

"你这也太迟钝了吧。"拓也笑出了声，用充满爱意的眼神看向菜菜，"不过这才是菜菜。"他爽朗地说："我就喜欢菜菜表里如一的样子。"

后来菜菜装作不经意地问过爱美，果然爱美对于麻衣和拓也的事情表示知情。

"但是他俩很快就分手了哦。"爱美考虑到菜菜的心情马上补充道。不可思议的是，菜菜竟然没有任何嫉妒之心。甚至觉得拓也曾交往过那样一个大美女，自己能配得上他吗。

今天几个同期久违地聚到一起，看到拓也和麻衣神色轻松地谈笑着，菜菜松了一口气。虽然有人分手有人结婚，有人离职有人调走，彼此都有很多变故，但同期还是同期。菜菜想和大家好好地相处下去，也希望大家能处得好。好不容易有这么开心的时刻，就这样结束了觉得有点难过。

"毕竟那是麻衣特意调制的香水，很想当场喷一下啊。"

"为什么要'喷'呢？'闻'一下就行了吧？"拓也指出了这个细微的差别，叹了口气。然后似乎无可奈何地开了口，"你不觉得，今天尽是我一个人干活了吗？"

"欸？"

菜菜一瞬间没反应过来他到底在说什么。

"看来是没注意到啊。你一直坐在那里和大家嘻嘻哈哈的。而我一个人给大家斟酒，夹菜，把吃光的盘子拿到水槽里，这些我都做了，你没注意到。"

嗯,可能……的确是那样。

"饭全部都是我做的,然后端菜呀洗碗这些不是爱美帮忙的吗?"

"就是那样才让人感觉压力很大。"拓也不满地吐露怨言,"我本来就对别人进入自己的厨房感觉不自在,也不喜欢别人开我们家的冰箱。但是那个江原,随随便便开了好几次。"

"那是因为我让她拿啤酒过来的。"

"那家伙,真的是神经大条。"

"那是因为我……"

"结果你看,房间成了这副样子。"拓也边说边环顾还没有收拾好的客厅。

的确,刚才还被人夸赞说像星野度假村般鲜亮的客厅,这会儿看起来显得有些暗淡。但毕竟大家会陆续把吃剩的东西搬到厨房,所以其实看起来也不算过分凌乱。而且菜菜有点累了,原本是想先睡觉,明天再打扫的。但看来喜欢干净的拓也似乎是难以忍受。

"知道了,我来收拾。"菜菜说着,就势站起身。

"得了。"拓也抓着她的手臂阻止道。

"真讨厌你这样,我又不是说要让你来收拾。能不能不要突然一副受害者的样子?"

——受害者的样子?

"我是说……"拓也顿了一下,接着说,"我是说,怀孕的时候招待客人对你来说还是太辛苦了。这个你也知道吧?不管怎样,到头来还是得我来收拾这一摊子。"

菜菜想反驳些什么,却如鲠在喉。

虽有千言万语,但却不知道如何言语。每次拓也噼里啪啦一阵说,菜菜就觉得是自己的迟钝惹怒了他。

"按常理思考,看到你这么大的肚子,其他人也会担心的。坂东和小西都有点儿避之不及了。"

"避之不及?"

"是啊。你没注意到吗?至少如果我去别人家做客,看到主人挺着这么大肚子,肯定会犹豫的。"

菜菜觉得呼吸急促,肚子有点抽痛。怀孕后每次受到拓也的斥责都会这样。拓也会注意到迟钝的自己忽视的事情,然后条理分明地一一指正。仿佛自己总是无意识地在做一些让他为难和受伤的事情。

看着沉默不语的菜菜,拓也小声叹了口气说:"你已经老大不小了,可不要觉得世界是围着你转的。你这些地方还不成熟,怎么说呢,有点幼稚啊。一个人生活的时候可以随心所欲,但婚后毕竟要共同生活,需要考虑另一半的心情,能俯瞰全局才算成熟。至少我是这样做的。所以啊,你目前这个身体情况还请那么多人来做客,我从一开始就是反对的。"

"但是……但是……你不是说今天是演习吗?说不定以后什么时候会叫上司或者同部门的前辈来做客……"菜菜挣扎似的说道。

"算了吧,这样的事,以后我是能免则免。什么家居派对,又不是在国外。"

"欸……"

刚才做准备的时候,菜菜很高兴听到拓也说这次是演习,觉得以后也能随时叫别人来家里做客。

"但是,你刚才也很开心吧?"菜菜心想至少要确认这一点。

"并没有那么开心。如果是在外面的店里聚反而会更享受一些。"拓也回答道,"我现在最在乎的是你的身体,主要是不想做会给你带来太多负担的事情。"

他这么一说,真的是完全没办法反驳,菜菜心想。

拓也叹了口气缓缓站起,开始收拾屋子。不管是桌子还是吧台,通通不放过。地板上的灰尘也用干拖把一一拂去。

菜菜依然默默地坐着,难受的滋味渐渐涌上心头。浴室里响起洗澡水烧好的音乐提示声,听到这个,菜菜才意识到自己送客人走的时候,拓也擦了浴缸并按好了烧洗澡水的按钮。

拓也并不是光嘴上抱怨,而是实实在在地承担了一部分家务,把房间整理得很干净。

"我现在最在乎的是你的身体,主要是不想做会给你带来太多负担的事情。"拓也说出这么得体的话,自己应该心存感激,菜菜心想。

菜菜洗好澡出来,拓也正坐在沙发上,一边喝着剩下的红酒,一边看着电视。可能是嫌擦红酒杯太麻烦,直接把酒倒在了普通的玻璃杯里喝。

始终保持家里干净整洁,比起氛围感更加注重效率,这就是拓也。

"刚才被小咕隆踢到了呢。"菜菜在拓也身旁坐了下来。

"真、真的?"拓也探出身子,心情突然变好了。也许是因为房间变干净了吧。

"这里,你瞧,不知怎的,肚子的模样还有点奇怪呢。"听到菜菜这么说,拓也把手轻轻地放到了她的肚子上。

菜菜的大腹便便,是可爱的小婴儿在里面茁壮成长的证明。

不久之前,菜菜给小婴儿取了个小名,叫"咕隆隆"。因为这孩子总是在肚子里咕隆隆地动。后来不知何时,"咕隆隆"被昵称为"小咕隆"。做产检的时候医生说这是个男孩,所以有时候也叫他咕隆太郎。

最近小咕隆很活跃,一动腿,能感觉到有一股从内向外的推力。如果打个嗝,肚子还会一阵痉挛,菜菜觉得这很有意思。

"脚是在这里吧。"

拓也摸着菜菜肚子上有一侧偏鼓的部分，温柔地说道。

菜菜很想让孩子动一动，好让拓也感受到他的存在，但也许是洗澡的时候铆足劲动弹了一阵的缘故，这会儿小咕隆安静下来了。

"对了，江原刚才来信息了。"拓也说道，"虽说是关系近的同期，但能当天就联络表达谢意也很重要。不愧是江原，一点儿都没有马虎。"

拓也刚才还在抱怨爱美神经大条，这会儿居然用"不愧是"来称赞爱美。菜菜不禁想起了拓也另外的言语——"坂东和小西都有点儿避之不及了"。

仔细想来，自己这个旁人"避之不及"的身体，现在还在照常上班呢。

昨天也去了公司。自从怀孕以后一直没能和调去子公司的坂东见面，但是之前和小西乘坐了同一部电梯，他当时看起来和平常差不多，难道他心里也在嫌弃自己吗？菜菜觉得很不安，难道其他人也觉得自己很迟钝吗？

拓也拿开摸肚子的手，移到菜菜的后脑勺轻轻抚摸着她的头发。动作是如此地温柔，似乎无言表达着对自己言语过分的反省。然而，和伙伴们团聚的愉快时光已然从菜菜的心中散去。一想到今后再也没有机会让朋友来家里，泫然欲泣的菜菜紧闭着双眼，只为不让拓也看见这样的自己。

板仓麻衣

暖风微微拂过脖颈。晴朗的夜空里悬挂着一轮如指尖般纤细的月牙。昏暗寂静的居民区里,五个人结队而行,像是要去远足,走在最后面的是麻衣。

这是参加新婚同期伙伴的家居派对后回家的路上。

爱美、坂东和小西在前面边走边热闹地聊着天。时隔好久才聚到一起,大家都有点依依不舍。虽说在居民区大家都有所收敛,但总觉得还没有尽兴,所以氛围依旧火热。

毕竟才刚过九点。考虑到菜菜是孕妇,大家都早早告辞出了门,但麻衣还是觉得意犹未尽,过去大家可都是理所当然地喝到第二天早上呢。由于同期伙伴都渐渐有了家室,所以能微微感觉到大家逐渐流露出的健康意识。那种通宵狂欢的氛围,已经不复存在了。

麻衣一边留意着大家的身影,一边放慢脚步查看手机。手机桌面里积攒着不少未读的通知。

今天在去拓也和菜菜的新家前,自己在网络上发布了一条动态:"我要带一些自己收到也会喜欢的礼物去!"然后用这篇标明了礼物购买链接的动态在好几个平台的账号上做了宣传。

当然，也宣传了自制的香水。麻衣希望将来有一天能够创立自己的香水品牌，然后在网络上销售。虽然还没有理清销售的具体流程，但是自从成为自由撰稿人后，自己多了一个香氛设计师的头衔。虽然是民间的资质，但这个证考下来其实也花了不少金钱和时间。麻衣对于自己调制的香水非常满意，连老师也夸奖说"清新中带着深邃的甘甜"。这款麻衣自己命名为"我心深处"的香水，第一次送给的对象就是今天见到的菜菜、爱美，以及另一位来做客的事务员女孩。

自己的博文会带来多少反响？麻衣低头看着手机。然而，并没有预期中的点赞数，失落的麻衣关闭了手机屏幕。

"连我的香水也准备了，真的太感谢了！"那是来做客的事务员女孩。

"啊，不客气。很高兴你能喜欢。"麻衣微笑着回答。

"我从来没用过香水。但是麻衣的解说很好懂，我会尝试用用看的。"那个女孩接着说。

"好的，请一定试试看。"麻衣嫣然一笑，心里想，对方都知道我叫麻衣了，我却还不知道对方的名字。记得一开始菜菜介绍过，自己却不记得了。

比起那个，麻衣更在意拓也和菜菜装点的新家。

这两口子的新家，坂东说看起来像星野度假村，但自己却不这么觉得。的确，豪华、温暖、绚烂，酒店装修时讲究的概念在这个家里得到了呈现。但是拓也夫妻俩的新家，不客气地说，有点枯燥乏味。怎么说呢，毫无趣意，冷清无比。也许是墙面都做了收纳的缘故，板正的直线中，家具和家电的摆放都中规中矩，不容丝毫的凌乱。墙上的绿色花环是唯一彰显个性的装饰，但也因为太过简洁，给人一种不可沾染片粒灰尘的紧张感。

麻衣确信，这肯定不是菜菜的品味，而是拓也的品味。电视机和音响的电源线巧妙地收纳在银色的管道中，看到这些时，麻衣深刻体会到，拓也一直以来向往的就是这样的居所吧。

"我听菜菜说，您是有名的撰稿人，真的吗？"事务员女孩问道。

"哪里哪里。我根本没什么名气。"

麻衣心不在焉地回答着，她想追上走在前面的爱美和坂东，听听他们对菜菜新家的直观感受。虽然温柔的爱美肯定不会说什么负面的评价。

"听说您曾经跟踪报道过……啊，太厉害了！"

但是事务员女孩不肯从麻衣的身边离开，她提着偶然会在猜谜节目中看到的新晋女艺人的名字一个劲儿地夸赞。

"那已经是好久以前的事情了。"麻衣一边谦虚地应和，一边努力回想。

她说的追踪报道应该是指那个工作吧。刚从公司辞职的时候，在签约的网媒负责过一个特辑，追踪报道刚刚出道的模特和艺人怎么买东西。

记得当时采访了二十多人，到了今天，也只有事务员女孩提到的两人被大众所知。二十多个人里出名的只有两个，虽然不知道这个比率算不算高，但是托这两个艺人的福，能被人叫出"你采访过……和……啊"，说实话还是很感动的。

"您现在从事调制香水的工作啊，真是多才多艺！"

"跟我不必用敬语哦，咱们同岁。"麻衣说道。

这个女孩是菜菜工作的管理部隔壁部门的同事，曾听菜菜提起过她和自己一样大。

既然一样大，那就是三十岁，但再仔细一看又觉得非常显小。淡蓝色开衫毛衣配波点百褶裙，优雅大学生的打扮很衬她皮肤白皙的娇小形象。是个知道自己适合什么的女孩。

"啊，好的。那么，你是在做香水的工作吗？"看到她小心翼翼地改变问法，麻衣不禁笑了笑。这是菜菜邀请来的女孩，说不定是很好的人。

"与其说是工作，倒不如说是介于兴趣和工作之间的事。"

"但是，菜菜说你是持证上岗的。对，她这么说过。"

"你是指香氛设计师的资格吧？是的。"

"太厉害了！"

"哪里哪里，没什么厉害的。我本来也完全不懂，但是越了解越发现香氛的世界很深邃，历史也很悠长。"

"原来是这样啊。"

"网上查一查其实有很多资格考试和工作，而且培训教室和沙龙也出乎意料地多哦。"

这么说着，麻衣追上了走在前面的三个人。爱美注意到后，马上对收到香水表示感谢。麻衣舒了一口气。不知为何，不管在哪儿，只要得到爱美的认可自己就能安心。因为麻衣知道，爱美是一个能对在场所有人都照顾周到的人。微胖的圆脸上没有什么脂粉，乌黑的短发和新入职时期毫无二致，完全让人感觉不到年龄的变化，并且从单身时代起，她就给人一种母亲般的感觉。

爱美还马上温暖地对处于圈子边缘的事务员女生说："彩子，咱们今天能说上话真好。"多亏了爱美的这句话，麻衣总算想起了这个女孩的名字。

"能说上话是我的荣幸。一开始我还担心你们都是同期，只有我自己格格不入呢。"

"啊，怎么会？能在公司里多一个朋友是好事啊！对吧？"听到爱美这么说，坂东和小西一个劲儿点头。

进入了繁华的街道，周围马上亮堂了起来。

"今天很难得，要不我们再去喝一轮？"坂东和大家说。

"是啊……"

麻衣自然地观察大家的意思。依小西的性格，他不太会和大家扎堆，爱美家里还有孩子，初次见面的彩子也许会感到尴尬，那我和坂东两个人聊些什么好呢？但的确还想再喝点。麻衣这么想着，"如果只花一个小时，我没问题哦！"爱美答道。

"啊，真的吗？"

那我也去，麻衣决定了。彩子和小西到底还是说了想回去，所以最后是坂东、爱美和麻衣仨人留了下来。

"虽然这里是居民区，但是车站前面有个小酒吧。"坂东搜索了之后说道。

"彩子这个女孩不错哦。不知道和小西有没有可能？"看着朝家走去的俩人，坂东继续说道。

"你还真是什么都敢马上说啊！"爱美面露无奈。

坂东刚进公司的时候就喜欢把什么事情都往恋爱上靠，个性有点儿轻飘。这让麻衣回想起他们之间曾经的对话模式：每当坂东、自己和拓也一起开玩笑调侃老实人小西的感情生活时，爱美总会巧妙地转移话题。

不过话说回来，同期们的已婚率还真高啊，麻衣突然觉得。自己怎么到现在才注意到呢。同期六个人中，爱美有了孩子，菜菜怀着孕。男孩子里面坂东已婚有娃，拓也也是马上要当父亲的人了。只有自己和小西是单身。到了三十岁就会这样吗？一边这么想着，麻衣一边朝坂东找到的小酒吧走去。

下了楼梯来到地下的那家店，打开门的瞬间，"呃——"

麻衣忍不住小声感叹。室内充斥着烟味。

本应该马上说换家店的，但因为觉得自己不说爱美也会提，就这样错失了时机。但是，"这种店真的是好久没来了。不知怎的还有点儿小激动呢。"爱美开朗地说道。麻衣吃惊地看着爱美，发现她一脸跃跃欲试的表情。

暂且先找位子，然后轮流去拿喝的干一杯。

放眼望去，店里基本都是大学生。隔壁桌的五个人周六还穿着西服套装，脸上青春洋溢。简直就是还在接受新人培训那会儿的我们啊，麻衣心生感慨，坂东正好说出了她想说的话："这种氛围真让人怀念。"然后爱美也说："让我想到初出茅庐那会儿了。"

此时此刻，麻衣突然感到一种无法言喻的悲伤。

这感觉真是不可思议。

坂东和爱美因为觉察到了和麻衣一样的情绪，不约而同地说出了那些话。但在意识到这种共鸣的瞬间，麻衣明白此刻大家已经跋山涉水来到了很远的地方。虽然无法用言语明确地表达，但似乎就是到了这样一种，仨人都能齐刷刷怀念同一时刻的境地——"让我想到初出茅庐那会儿了"。

是的，此刻我们正在怀念，而隔壁那桌年轻人正乐在其中。

时光飞逝，这一切本就理所当然。但麻衣却如遭无理的一击，直面了现实：麻衣这群人，此生，再也无法品尝隔壁桌的那种感觉了。

仿佛就在昨天,不管是坂东、爱美,还是自己,都不习惯打工人的生活,对"同期伙伴"的存在感到新鲜,觉得实习很痛苦,从早到晚在丝丝紧张中互相抱怨。可即便如此,仍然对这种近似打工人角色扮演的害羞和新鲜甘之如饴。现在想来,那是让人无比炫目的青春。

的确,时间已经过去这么久了。

麻衣正要喝第二杯,"可以吗?"坂东拿出了香烟问道。他以前就抽烟。麻衣马上问了爱美,结果她说:"可以给我来一支吗?"

"你也要抽吗?"麻衣很吃惊。

"在家里可不抽哦。"辩解般地,爱美马上说道。

在家里不抽,也就是说会在公司抽吗?在一年年被渐渐移动到角落的狭窄吸烟室里?

"真令人意外。"麻衣说。

"你已经不抽了吗?"爱美问道。

"我可是戒掉了。"麻衣答道。

"那可真不好意思。"坂东说着,朝外侧吐着烟圈。爱美抽的时候也注意不让烟圈往麻衣那边飘。

虽然这俩人这么顾虑着自己,但是因为这家店对抽烟行为很宽容,所以并没有什么实际效果。麻衣其实很不喜欢自己特意喷的原创香水被别的气味覆盖,同时也感觉肺部受到了污染，认为这个地方不宜久留。会这么想，自己真的是老了啊。

而且爱美抽烟的事也让人很吃惊。

刚入职时，麻衣才是个重度烟民。而且那个时候同期女孩中只有麻衣抽烟，从来没见爱美抽过。

说起来大家以前一起在菜菜家借宿过，那个时候可真的太难了。因为大家都不抽烟，而那个公寓的阳台和外面的走廊也是禁烟区，所以麻衣不得不深更半夜一个人特意跑到附近的便利店的吸烟处去抽。为什么那时候自己的烟瘾会那么重啊。只不过是七八年前的事，记忆却已经有点儿模糊了。

烟是一下子就戒掉的。固然有辞掉工作后摆脱了压力的缘故，但说到底，还是因为自己邂逅了重视香气的工作。

麻衣很喜欢香氛设计师的头衔，今天也是，因为送出了亲手制作的原创香水，大家都很高兴。今天的这款花卉香水，先是柑橘类的清爽香味在空气中散开，然后像花朵般绽放的是紫罗兰的芳香，一款拥有故事感的香水。

菜菜收到礼物后立马试用，她的笑颜让麻衣很开心。通过重视用在身上的香味，可以充盈内心，生活也会变得多姿多彩，大家一直在热烈讨论着这些。

但是爱美的反应却不如麻衣的预期。当然她很高兴收到礼物，也夸奖这是非常美妙的香水。但是对于香气变化的过程，使用的精油这些话题，就只是嗯嗯啊啊地随便附和。对于麻衣的新头衔，也没有显示出太大的兴趣。

不过麻衣倒是习惯了这种反应。因为现在除了自身的社交账号外，还撰写面向女性的网站文章，管理几个美容师的视频发布等，从事着种类繁多的工作。在这些场合遇到的负责人或者美容师，也基本上对麻衣持有的资格置若罔闻。因为她知道，这些人都认为她的资格只要花钱就能拿到。

但是，这些人怎么看她，其实都无所谓。因为和这些相比，更重要的是通过学习香氛，麻衣自身的活法有了很大的变化。

当时麻衣去听那个香氛讲座纯属偶然，只是觉得好玩。但通过那个讲座，麻衣意识到了迄今为止的人生中，对于香氛是多么地不讲究。第一次知道，五感之中，嗅觉是一种非常特别的存在。

那场讲座的主题活动是大家一起制作固体香膏，而前半部分是理论课程。白板上贴着大脑的横截面示意图，老师解说道，在大脑中，新皮质负责理性和思考，边缘系统则掌管本能。但是和直接传达到新皮质的视觉、听觉、触觉、味觉相比，嗅觉直接传导到边缘系统。而在大脑的边缘系统里有掌管记忆的器官"海马体"，所以只有嗅觉与记忆直接相关。

"你们知道马塞尔·普鲁斯特的小说《追忆似水年华》吗？"麻衣还记得老师询问大家时的场景，没有一个学生举手，麻衣也不知道这本书。

"玛德莱娜小蛋糕浸泡在红茶里，它的香气突然唤起了主人公儿时的记忆。大家是不是也有类似的经验呢？比如，不经意间闻到的花香或食物的味道会唤醒过去的记忆……"

老师穿着单色灰暗的连衣裙，讲述这些知识时，语气温柔，字字珠玑。

据说她在香氛设计教室担任讲师的同时，还在老人院从事义工活动。

对于老师的提问，有学生举例提起了老家榻榻米特有的气味。老师用柔软的音调回道："是啊，时隔很久回到老家，有些儿时的记忆会因为那个久违的气味重新显现在脑海里。"麻衣也想列举一些令人怀念的味道，但没能想起来。

"嗅觉被称为是'本能的感觉'，能不经过大脑新皮质，直接传导到大脑的边缘系统。"老师一边指着白板上的大脑结构图一边讲解。

"所以在阿尔茨海默病的治疗中会尝试使用香氛。这个香味是吃早饭，这个香味是洗澡，这个香味是睡觉，有的护理院会像这样把香味和特定的行动联系起来。"

那可真厉害啊……麻衣由衷地感叹。

"然而，这些闻到的香味，会直接和记忆联结起来。没来由地超越理性，引起乡愁、欲望，甚至偶尔还有强烈的替代式体验。所以啊，就像我刚才说的，因为想起儿时的气味，有些爷爷奶奶还会落泪呢……"

整套课程一共有五节课。一起听课的学员把这门课当作学校文化课的延伸内容来申请，所以理论课大都觉得很无聊。但是麻衣被老师一开始的话深深打动，热心地记了笔记。甚至还在第一节课结束后顺路去了书店，买了老师提到的《追忆似水年华》。

老师提到的玛德莱娜小蛋糕在小说的开头就出现了。准确来说，在书中所述的记忆一开始并不是由气味，而是由味觉引发的。但麻衣认为，在吃之前主人公应该闻到了气味。

其实这本书才读了没几页就合上了，但唯独玛德莱娜小蛋糕勾起主人公回忆的那个场景，麻衣反复读了好几遍。因为那复苏的记忆是如此浓烈，甚至丰富到给主人公带来了巨大的打击。

老师流畅的讲解，加上书中"玛德莱娜小蛋糕浸泡在红茶里……"的美妙表达，让麻衣心情激动。萌生了要把这份与记忆密切相关的嗅觉磨炼得敏锐些，好好珍视的想法。这么一打算，麻衣自然而然地就把烟给戒了。

在考取资格后，麻衣照旧在老师身边学习，并持续调制自己的香水。今天当作礼物送人的这款原创香水，同样受到老师的赞赏。为了让香水的前调散发柑橘类的清爽香，且随着时间的推移演变成紫罗兰的芳香，麻衣费了很大的精力调整成分配比。通过调整不同香料的配比，可以让香味随时间的推移而产生变化，这是调香最有意思的地方。麻衣把这些都给爱美做了说明，其实很想让她当天晚上就好好尝试一下这款香水的。

"啊,太好喝了!"抽完烟的爱美大口大口地喝着生啤说道。闻言,麻衣情不自禁地笑了笑。

再过两年,东京奥运会就开幕了,到那时能抽烟的地方会越来越少,虽然考虑到健康的确应该戒烟,但现在麻衣又觉得不是说这个话的好时机。

"你这喝得就跟拍广告一样。"坂东笑着说。

"啊呀,真是太棒了。怎么说呢,能在外面这么喝酒真是太好了。"爱美感慨颇深地说道。

"看来最近积攒了很多压力啊。"麻衣说道。

"怎么说呢,像这样在外面喝酒感觉已经是几亿年前的事情了。目前工作方面,出差呀接待什么的基本上都交给其他人去做了。"爱美已然微醺,语调中带着欢快。

"话说爱美真是了不起。"坂东说道。麻衣也发自内心地表示赞同。员工、母亲,爱美身兼二职。

刚才在菜菜家吃饭的时候,爱美稍微提了提自己的事。

老公在一家连锁餐饮企业工作,虽说出勤晚,但归家也晚。当年考虑到是双职工家庭,还特意把房子买在了老家附近,可是爱美的母亲前阵子病倒了,不太能看顾孙子了。而自己的父亲还在工作,万一要有什么事,连个可以托付孩子的地方都没有。

"我这可是身兼数职啊!"看到同期笑着说出这句话,麻衣不禁觉得非常羞愧。因为她到现在都还过着衣来伸手饭来张口的啃老生活。

"爱美可是最早出人头地的，二十多岁就当上了科长呢。"坂东说道。

"爱美呀，也许会成为同期中最早当上女部长的人哦。"麻衣说道。

"怎么可能止步于部长？接下来就是最年轻的董事，然后一路升迁成为首位女社长也说不定哦！"听坂东这么一说，麻衣连忙应和"就是就是！"。

爱美则微微摇头。

爱美是同期中最早升为科长的。她发布了一系列介绍简单食谱的视频，取名"咕嘟咕嘟"，材料都是公司的冷冻食品，在网上收获了火热的人气，还得到了社长的嘉奖。

食品行业本身比较传统陈旧，女性员工也少。但是爱美以母亲的视角拓展新型服务，扩大了销路，她成功的故事深受媒体的青睐。一时间，爱美收到了很多女性杂志以及BS电视台的邀请，作为朋友的麻衣觉得十分骄傲。

"这么说来，我看了最近《日经新闻》的手账特辑，那上面打的标语可是公司内最年轻的科长哦。真是太厉害了。而且里面介绍的手账活用法让我也学到了不少呢！"麻衣热情洋溢地说了一大堆，爱美还是微微摇头。看到这么谦虚的她，麻衣更想夸奖爱美了。

对心里涌现出的这种情绪，连麻衣自己都觉得不可思议。

以前麻衣看到同年龄段的女生受到瞩目，往往无法心悦诚服地赞赏。看到那些在圈子里受人追捧的，受前辈尊敬的，被老师信赖的女生，总是忍不住去寻找她们的缺点。但毕竟不是小孩子了，所以注意到自己这种乱糟糟的意识，至少会努力控制着不表现出来。

但是对于爱美，却没有办法产生这种情绪。许是由衷敬佩，许是甘拜下风，对于爱美，麻衣真的是纯粹地钦佩。

其实今天这个聚会，也是因为爱美会出现自己才来的。

当然这个对谁也不能说，因为刚在群聊里得知大家要到菜菜和拓也的新居聚会时，麻衣的表情和刚才闻到烟味时完全一样，嘟囔了一声"呃！"。

虽然是菜菜发起的邀约，但说到底也是拓也的家。刚到公司不久的时候，她和拓也就交往了，且交往过一年半。因为工厂实习的时候他俩在一个班，实习最后一天的宴会，麻衣醉得不省人事，隔天却在拓也的房间醒来。

这场恋爱的缘起仿佛一场事故，虽然后来也持续了一段时间，但麻衣感觉这不过是时机凑巧。

那个时候麻衣刚跟从大二就在交往的男友分手，同伴介绍的钱多事少的零工也没有了下文。这样一来，面对拓也的全力攻势，麻衣也并不是没有好感。再加上，拓也的房间洁净整齐，待着舒服，而且他会给自己泡好喝的咖啡。这一切交织在一起，到底是和拓也继续交往还是果断分手，麻衣也没了主意。就这样，她选择了维持现状。

所谓钱多事少的零工，是当杂志模特的朋友介绍的，工作内容只需参加酒会就行。这些聚会一般由已经进入社会的男性主办。

现在想起来都很不可思议，那个零工到底是什么呢？

乍一看像是女招待，却没有应酬客人的义务。倒不是说完全没有撩骚，但从来没有被占过身体上的便宜。在那个场合里有来自不同大学的各类女生，到后来也认识了一些人。有时候光是和女生聊聊天就完事了，结束的时候能收到装着钞票的信封。

——所以那个零工到底是什么呢？

不对，麻衣当时心里其实是很清楚的。

那笔钱用来购买的商品是"姿色好的女大学生"。

每次被叫到指定的地方，用不知自身价值几何的无邪面容爽快地喝酒。"麻衣，你能过来就帮了我的大忙。"听到杂志模特的女生这样说，麻衣内心的自负莫名得到了满足。

但自从进入公司正式工作后，这样的邀约就停止了。虽然早有预料，但这个事实让麻衣真切意识到，她人生中的某个时代，已经彻底结束了。如果没有那种邀约的存在，甚至都不会觉察到这一点。

进入职场后,突然被送进工厂实习。麻衣彻底地厌烦了。

本来麻衣的目标是进入出版社或者广告公司这种传媒行业的,但是应聘的地方都落选了。

好在最后关头拿到了一家有些知名度的食品公司的内定,一直为她屡战屡败而十分担心的父母非常开心,麻衣自己一开始也是很雀跃的。但是,在工厂穿着公司发放的一整套工作服,佩戴卫生帽和口罩,彼此谁是谁都认不出来,还要拿着作业工具,站着干没完没了的活,麻衣内心被一种"不应该是这样"的思绪所纠缠。即便知道工厂的工作仅限于实习阶段,内心还是难以忍受。作为一家食品公司,不管好坏都是密切贴近生活的一个行业。但麻衣所憧憬的,是那种脱离现实的,光鲜亮丽的世界。

关于这一点,她和拓也十分聊得来。

因为他也是志在媒体和广告行业。这是无法和成功就职于大企业的同期们分享的情绪。

麻衣想的是至少也要从事公关宣传类的工作,但是这些岗位上尽是些有着丰富经验的熟练员工,应届生不可能被分配到那里。这个情况麻衣是后来才知道的,心里非常沮丧。

实习结束后,拓也进入了进口食品开发部门,麻衣被分配到了秘书科。麻衣和拓也一起诉说着工作上的烦恼,一起查看求职网站，还商量着要不要去接受面向二次应届生①的面试。到后来两人不再见面，是因为麻衣言出必行地辞掉了工作，而一直说着要辞职的拓也却留在了公司。对于麻衣来说，这样的拓也看起来太软弱和狡猾了。

麻衣跳槽到 IT 企业风投部门所设立的网站运营部，作为正式员工入职了。拿到了"制作人"头衔的名片分发给食品公司的同期时，大家都以"制作人"的称呼起哄着。

但实际情况是，因为人手不足，从企划案的构思和拍摄，到采访与写作，全部都需要自己独立完成。一开始因为新鲜感，还觉得很开心，但是到后来麻衣就精疲力竭了。觉得"不应该是这样的"。

正好那个时候各大百货店开设了美容和健康方面的网页，麻衣火速应聘，成为了那里的派遣员工。但是过了一段时间后，麻衣又开始厌烦。她把自己的信息登记到派遣公司，从那里挑选一些表面光鲜、时薪也不错的工作，比方说，综合商社的事务部、国际展会的接待、高级公寓销售的营业助理等。

不管哪个工作麻衣干得都挺开心，但也总是很快就厌倦。不管是哪个工作都一样。

做什么事都容易腻烦的原因之一是，麻衣本就生活无忧。

因为从小就容易哮喘，所以麻衣是在父母的万般呵护中

---

① 日文写法为"第二新卒"，指大学毕业以应届生身份入职，但工作经历未满三年便辞职的人。

长大的。即便成年后身体变得非常健康，但父母还是很操心。现在的麻衣已经三十岁了，可父母还是会把健康的餐食端到她面前。不光如此，洗衣服、打扫房间都一一代劳。麻衣偶尔自嘲，也许我是世界上最受溺爱的三十代①了。如此舒坦的生活，她是绝对不会放手的。

在这种状态下，麻衣的内心却有一种渴求——

想要找到自己的活法。

反过来说，正因为这部分的缺失，麻衣一直觉得自卑。

"江原，你还接受了手账活用法的采访啊！事业领域很广嘛！"

麻衣听到了坂东这么说爱美。作为同期难道这个都不知道吗？也许是假装不知道吧。

"你说的是杂志的采访吧。那就是单纯用来凑数的……"爱美摇着头说。

麻衣觉得她太谦虚了。

"虽然其他公司的小孩子也接受了采访，但是爱美的部分占比很大。"麻衣明朗地说道。

---

① 三十代，在日本指的是进入三十岁不足四十岁的成年人。

"真的吗?"坂东惊呼着叹出一口气。

"我已经不是小孩子的年纪了。"爱美平静地说。

"如果你当上了社长,让我给您当司机吧。"坂东说道。

"没门没门,可要找个车技更好的司机。"麻衣说。

"我的驾驶技术真没有什么可挑剔的哦!"

"不是吧,你不应该是个拎包的吗?"

"那就包在我身上。"

麻衣在和坂东插科打诨中察觉到,爱美一直沉默着。出声喊了喊,爱美只是用平静的眼神看着麻衣。那表情看起来既像是有话要说,又掩藏着"算了吧"的无奈。

突然,"我回去了。"爱美从板凳上刺溜一下离座起身。

"欸?"麻衣疑惑不解。

"请的临时保姆快到时间了,抱歉!"话音刚落,爱美迅速走出了店门。

麻衣看着爱美身后关上的门,一瞬间纠结自己是否应该追出去一起离开。

一旁的坂东用比刚才低沉几分的声音说道:"也许是压力太大吧。那家伙所在的部门好像不太顺利。"

"欸?不太顺利吗?"麻衣问道。

"'咕嘟咕嘟'的视频应用好像没能盈利。"

"咦,那是什么?很厉害啊,爱美还开发了应用吗?"

"嗯,是的。但其实,那个应用据说不太行。"

坂东的语气中似乎带着一种雀跃，引起了麻衣的警觉。

"不太行？"

"因为她现在是公司上层的宠儿，应用本身是不会轻易垮掉的。但是这个应用并没有带来什么了不起的成果，是有点儿玩票性质的项目。能够随心所欲地搞，有传言是因为江原对那帮大爷奉承巴结。"

"嗯，等等。坂东，你是不是在嫉妒爱美？"麻衣问道。

"哈？"坂东张口结舌。

"不会吧，不会吧，你不会觉得爱美能够出人头地，是因为她吃了女性的红利，受到偏爱吧。"麻衣进一步说道。

"我怎么可能会这么想？反倒是你，对我的偏见是不是太重了？"

"我们中爱美会最先出人头地，我是知道的。"麻衣干脆地说道。

坂东笑嘻嘻的，但是一言不发。

"你还记得吗，工厂实习结束的时候，排班领导对爱美说'我真想把这条产线交给你来管理'。当时我们大家脑子里都在想，工厂的实习有截止期限，早晚会回到总公司的。只有爱美是真心想改良那个工厂的作业流程，甚至最后还提出了更替团队的建议。那股子，怎么说来着，认真劲和实诚的性子？爱美散发的能量，坂东你不是也了解吗？实习结束的聚餐会上，大家都是这样说的吧。但是，为什么到了现在你要说出她在'奉承巴结'上层领导的话?"

麻衣说着说着,不知怎的都想哭了。是的,她比任何人都希望爱美得到周围的认可。到了现在,这种情绪涌上心头,早知道刚才就应该追上去的,麻衣心里懊恼不已。

"不是的,那不是我说的。"

"但是,你这种做法不就是以道听途说的方式在扩散不实的信息吗?这种做法最不应该!难道,你对小西和拓也也是这样说的?但是坂东,你其实是了解真相的,不是吗?爱美受到领导青睐,不是因为她的奉承巴结,而是她的确在认真地工作!"麻衣说道。

以为他会反驳,但是眼前的同期,已经不再笑嘻嘻,而是噘着嘴像个闹别扭的孩子。

"我知道。"

"如果你知道……"

"但是,那是因为部长他们一次次跟我说'你的同期是科长啊''被女人超过了'这些话。真的非常烦人。"坂东一脸恼火地说。

"啊!"麻衣说道,"那是,那的确蛮烦人的。"

"对吧?"

"我是说,竟然还有人说出'被女人超过了'的话。"

"有啊,多了去了!"

"日本依然是这样的环境啊。"

"公司也比较老派。"

"但是，那个跟爱美没有关系吧？"

"那个，的确和那家伙没什么关系。她是真的很能干。"

"那么，作为同期，应该保护好爱美呀！"

听麻衣这样说，坂东闭口不言，只是点头表示赞同。

看着这样的同期，麻衣觉得很悲凉和心痛。

因为早早辞了工作，仿佛只有自己穿梭了时光，幸免于嫉妒和偏见——这种同一个组织内人与人之间黏稠的情绪。和还在公司中工作的同期不同，麻衣的心中还完整地留存着自己刚入职时的样子。也因为如此，麻衣记得坂东在说出"对那帮大爷奉承巴结"之前是什么样子。

坂东在最初的自我介绍时说过："我是不折不扣的运动派！"听起来既带着自虐又透着自满的说辞赢得了大家的拍手叫好。坂东比谁都能喝，能笑，能热场子。即便进入职场，坂东依旧参加铁人三项赛锻炼体能。麻衣相信，在这样的坂东内心深处，那份明朗和坚强还在。二十二岁的他，无法掩藏对公司与工作的敬畏以及对进入社会的憧憬。彼时的坂东还在眼前这个人的心里。

但是，人的确会慢慢改变。麻衣觉得，一成不变是不可能的吧。

说起来，刚才爱美讲"不是小孩子的年纪了"时，自己没怎么在意，其实那是爱美对现状的实感吧。

的确，我们都不是小孩子的年纪了。

麻衣噘着嘴，环顾店内。坐在这里的人，虽然都到了能喝酒的年纪，但其实看起来都还是小孩子。突然想起在工厂实习时的自己以及同期，也曾经是小孩子。

忽而一瞬，麻衣思考起自己。带着时髦的名片行走世间，但实际的年收入和抚养范围内①的主妇差不多。不啃老根本不能独立生活，却在百货商店购买不是打折品的高档服装，光顾热力瑜伽馆，每个月去一次美容院。能过得这么奢侈，是因为母亲每个月都会心血来潮给点零用钱。

——我已经不是小孩子的年纪了。

这句话，爱美不是自言自语，也许是对我说的吧。

这样想着，从后座传来了欢声笑语。是什么这么好笑啊？那群刚步入社会，身着西服套装的人，拍着手开怀大笑。

"差不多了，咱们走吧？"坂东说道。

"走吧！"

麻衣站起身，心想着，也许不会再来这家店了吧。

---

① 抚养范围内，是指经济上的抚养。援助不能靠自己的力量生活的人叫作"抚养"。对于一对夫妻而言，主要挣生活费的配偶是抚养者，另一方是被抚养者。当被抚养者的年收入在抚养范围内时，可以免除支付所得税、居民税、社会保险，减轻税负。

江原爱美

那天，时隔很久和同期聚会，爱美不知为何非常疲倦。

比和保姆约定的结束时间提早一小时到家，爱美觉得很可惜，但实际上，她恨不得早一秒到家趴在沙发上休息。

电车在高架上行驶，很快来到了宽广的河流。虽然休息日夜晚的车厢比平时宽敞很多，但还是没有空座。爱美单手抓着吊环，任身体随着车厢摇晃。

车窗外，沿河而建的高级塔楼上有十来扇窗户亮着灯，明晃晃地映照在宽阔的河面上。

如果是从那个楼的窗户往外俯视，夜晚的街道会是什么样子呢？如果是从最顶层的房间往外看呢……？

爱美漫无边际地想着这些蠢笨的问题，不经意间叹了口气。这时，前座一个白领模样的男乘客抬起了头，似乎在确认这边的情况。

好像是自己下意识的叹气惊扰了别人，爱美觉得很难为情。她抿紧嘴角，微微摇着头取出手机，给今天招待自己的三芳拓也和菜菜编辑了感谢的短信发了出去。抬起头，列车已经越过了河流。每晚都要乘坐的列车,每晚都会抓着吊环眺望的远方。过了河,周围住宅的氛围马上就不一样了。从大城市到小城镇,建筑物变得平坦,漆黑的夜幕一望无际。爱美就在从小生活的地方抚养自己的孩子,家乡的景色既让人怀旧又有些许无聊,是让人感觉到温暖又绝望的地方。

爱美的家距离最近的车站需要步行十五分钟,是她买在娘家附近的一户建①。天上下着小雨,爱美本想打个车的,但是一想到要付给保姆的钱就打消了念头。

终于到家了。打开家门,走廊尽头的客厅门处立马传来了动画片的声音。

"我回来了……"爱美嘟囔着说完,穿上拖鞋走了进去,打开客厅的门后瞬间皱起了眉头。

今天临时叫来的保姆,正在餐桌上撑着脸颊玩手机。

对方抬头后惊慌失措地关掉了手机,并掩饰地说道:"今天好早啊。"

而两个孩子则坐在电视的正前方,分别是五岁的优斗和四岁的春斗。

"啊呀!这么看眼睛会坏掉哦!坐远点!"爱美对直勾勾看着近处屏幕的孩子叮嘱道。

傍晚出门的母亲明明已经回来了,但是沉迷于动画片的

---

① 一户建,在日本是独院住宅的意思,相当于小别墅。

两个儿子连头也不回,眼珠子盯着屏幕,不情不愿地往后挪动了下屁股。

"再往后坐点!想让我重复说几遍啊!坐这么近眼睛要看瞎的!"爱美的声音不觉间变得粗暴。

"烦死了!"优斗愤怒地看向母亲,春斗则在边上伸着懒腰。要在平时,这会儿早该睡觉了。

"我本来打算再过一会儿就给他们洗澡的。"保姆在一旁找着借口。

"接下来没事了,你可以走了。"爱美冷淡地回复。

"但是,还有时间呢。我来给他们洗澡吧。"虽然保姆这么说,但是爱美不想让她再待在这个家里了。

"不用了。"

她到底给孩子们看了多久电视啊。不论怎样,她都会按照约定支付和时间相应的费用,但是很想让这个不负责任的保姆赶紧走人。

"热水我烧好了。想着再过一会儿,就让孩子们去洗澡,但是他俩说想等到你回来。"可能是不想被爱美写差评,保姆用近乎讨好的语气诉说着。

"知道了。谢谢你。"爱美说着就把她送到了玄关,像是要赶人走似的把她送出了门。

锁上门后,爱美马上回到客厅关掉了电视。

"啊!"

"还有一点儿就结束了!"

"真的真的,就最后那么一点儿了!"

"妈妈真坏!"

"妈妈讨厌!"

两个孩子异口同声地怨言不断。凡是优斗说的话,春斗都会模仿。

爱美突然一个激灵,又一次打开了电视,想知道他们看到第几集了,因为刚才他们看的是网络动画片。

原来是第五集。她记得孩子们之前看到了第三集,所以今天是看了第四集和第五集的一半。这个系列每集不到三十分钟,所以明白了保姆并没有给他们看那么长的时间后,稍微放下心来。虽然并不是出于本意对保姆做了突击检查,但心里还是很烦躁。今天的聚会是很早之前就定下来的,所以按计划,应该是老公圭一和孩子们待在家的。但是圭一工作上临时有了安排。在连锁餐饮店工作的圭一负责其中一家店的运营。今天本来是休息的,但是突然有个零工来不了,身为责任人的圭一不得不亲自上阵。这种情况以前也发生过几次,爱美便熟门熟路地找起了保姆。

在以前使用过的临时保姆的应用上查了一下,结果以前拜托过的人不是这个时间段没空就是已经先被人家预约了。周六夜晚愿意临时来照看孩子的人本来就少,好不容易找到的就是刚才那个保姆。年龄二十五岁,因为没有保育员和护士的资质所以时薪比较便宜。不过这个人自诩"最喜欢孩子",而且评价也不错……

结果,却是个让孩子一个劲儿看动画片,自己玩手机的主。一想起这个,心里的火又腾地蹿了上来。迄今为止请过的那些保姆都把孩子照顾得不错,其中有几个她还很信任,反复申请过。但是这回和期待相悖,那个人完全不靠谱。

按照和保姆的合约,不能让她干看孩子以外的活。所以孩子们的晚餐都是爱美准备的,只要热一热就能吃。就连刚才她恩赐般地说什么准备好了洗澡水,其实根本就不需要干什么!为了她按个按钮就能搞定,爱美已经提前清洗好了浴缸,做了各种准备。

"离电视机再远一些。"爱美说道。

两个孩子的视线依然死死地盯着电视机,听到爱美的话后,和刚才一样只是屁股磨磨蹭蹭往后移。这动画片该多有意思啊,入迷成这样。因为还有十分钟不到第五集就结束了,爱美索性就让两个孩子继续看了。

看完第五集后,孩子们到底是没有再撒娇说要接着看第六集,总算看向爱美,撒娇地喊起了妈妈。春斗睡眼惺忪。已经超过平时的就寝时间一个多小时了。现在再弄两个孩子去洗澡实在是太麻烦了。也许让他们就这么去睡比较好。对,就这么着吧。

"那就只换个睡衣,然后去睡觉好吗?"听到爱美温柔的声音，优斗说"我去拿睡衣"，然后乖乖地走向卧室，春斗也紧跟着过去了。看到两个孩子的背影，爱美突然有点儿悲伤。

非常后悔把孩子丢在家里自己跑去喝酒。其实两个孩子一点错也没有，只不过是勇敢地等着妈妈回来而已。别人打开了他们喜欢的动画片，那当然会靠近盯着看了呀。

爱美对刚才回去的那个保姆又重新燃起了怒意。因为爱美心里清楚，刚才对孩子说话那么重，是因为没有办法直接向保姆发火，所以把弱小的孩子当成了出气筒。

一想到这里对拿好睡衣下楼来的孩子们的愧疚感就更强了。

马上努力用温柔的声音说道："那我们去刷牙吧。"

两个孩子用画着豆沙面包超人的小牙刷乖乖地刷着牙。

"那咱们去睡觉吧。"爱美温柔地说道。她把两个孩子带到了二楼的榻榻米房间，让他们钻进了铺好的被窝里。虽然比平时晚了很多，但是马上就沉沉入睡了。

爱美静静地下了楼梯，心想着一定要在应用上留个差评，控诉一下那个保姆是如何在我出门时，让孩子沉迷动画片，自己却一个劲儿玩手机的。但是，要收拾的东西实在是太多了。保姆和孩子活动的客厅比平时乱很多。水池里积攒了孩子们吃饭后留下的碗碟。

当然，收拾碗碟并不在保姆的职责范围之内，她没有洗碗的义务。但是一想到她刚才放任孩子看动画片，自己却玩着手机的场景，就觉得堆积在水池里的碗碟让人十分心烦。

爱美带着如被鞭子抽打过般的沉重心情，清洗了带着残羹剩肴的碗碟，整理好了餐桌，把散乱在电视机前的玩具推到了一边。仔细一看还发现了地毯上四处掉落的点心残渣。如果不是已经到了这个时间，爱美肯定会马上用吸尘器打扫的。

把屋子打扫一遍后，爱美从餐具架的深处取出了香烟。

说到香烟，爱美以前上大学时抽过，本以为自己不会再跟这东西产生交集，但是自从和烟民圭一结婚后，偶尔也会抽一下。后来趁着圭一戒烟，爱美努力戒掉过。再后来任为科长，又会不时抽一抽。不过她会选择焦油含量少，刺激较小的烟，而且真的只是抽一点点。

爱美打开侧门，开动换气扇后，点上了火。

正当她静静吐着烟圈的时候，身旁优斗的一声"妈妈？"吓到了她，她慌张地按灭了烟。爱美并不希望孩子看到自己抽烟时的样子。

"怎、怎么了？"爱美问道。

"……生气了吗？"优斗问道。

"怎么了？没生气啊。怎么起来了？"

"嗯。"优斗没有具体回答。

"去厕所吗？"

爱美这么一问，优斗马上点了点头，跟在了她身后。从厕所出来，爱美把孩子带回榻榻米房间。春斗早就睡得呼呼的了。优斗可能是觉得把很容易入睡的弟弟给丢下了。作为哥哥的优斗，心思比较敏感。

爱美再一次把优斗哄睡，确认听到他睡着后的轻鼾声，才走出了孩子的房间。总算坐进沙发拿起了手机，打开临时保姆的应用。她想把今天对保姆的评价都写下来。孩子们坐在电视的近处也不提醒，只顾自己玩手机，厨房里一塌糊涂……诸如此类的，她想一股脑全写到评价栏里。

但是一打开手机应用，爱美的情绪像泄了气的皮球般一下子软弱下来。在这上面批判一通又能怎么样呢。也许可以暂时发泄一下情绪，但这件事已经过去了。而且，那个人对她家在哪儿，孩子长什么样一清二楚，要是因为这个恶评招致怨恨……

转念一想，今天毕竟有她在，自己才得以出门的。

因为是匆忙中的匹配，平时请过的保姆都没空，所以找到她的时候，爱美还觉得运气好来着。的确和平时相比服务水准差了很多，但是孩子们平安无事也没有受伤，自己不应该对她表示感谢吗？随着这股情绪涌上心头，落在屏幕上的手指无法再打字了。

结果就是，爱美写了一些不痛不痒的评价，给了一个模棱两可的分数。

重新看了一下这个保姆过去的评价，也都差不多。说到底对方也只是个普通人，批评一个曾经照顾过自己孩子的人，对爱美来说还是太难了。而且对方知道爱美的家，这一点很不利。

不过话说回来，保姆的时薪一千五百日元，还得乘七小时，加手续费，加今天外出的交通费一千两百日元……在脑子里一盘算，爱美咂了咂嘴。只是晚上出个门，就这么多钱打了水漂儿。

如果是为了工作也就算了，但这是为了出去玩的开销。如果像平时一样待在家里，就不用花这笔钱了。

爱美一边叹气一边刷着手机，发现母亲发来了信息，确认明天的行程安排。

爱美这才想起明天父亲要去打高尔夫，所以自己得陪着母亲去医院。

"如果不行的话，我就自己一个人去哦。"母亲顾虑她的处境，在文字后面添了个微笑表情。但母亲的安排已经是为了配合爱美而把时间定在周日的，所以自己没理由不去。在那个时间段就由老公圭一来陪孩子。不管打理家务还是照顾孩子，老公向来是不辞辛苦地帮忙。但是短暂的周末里，爱美还是希望他能有机会放松放松。

原本，爱美是考虑特殊情况时能让母亲帮着照看孩子才在当地买房子的。但是搬来后，好不容易休完二胎的育儿假，正准备回归职场大显身手的节骨眼儿，母亲却突然罹患了大肠癌。

这个突如其来的大病，一下子改变了全家的生活。

在那之前，母亲完全没有得病的迹象。一边在朋友家的咖啡店帮忙，一边每隔几周就去健身房跳跳有氧操的母亲，完全就是明朗健康的代名词。

但是，疾病这个东西并非"突然"降临，它已经在母亲的身体里缓慢发展了一阵子了。

说起来其实是有预兆的。母亲之前提到过痔疮、中药之类的词，但是爱美忙着照顾孩子，对于母亲的话，没有重视。她当然也担心过，向母亲提议去医院看看，但母亲坚持觉得自己得的就是个痔疮，连平时给她看病的医生也这么诊断了。爱美便相信了母亲的说辞——年纪大了身体多少有些毛病。

结果有一天，母亲突然感到剧痛，到附近的医院看病，又到大学的附属医院做了细致的检查。

"其他脏器很干净哦。医生也说了幸好提早发现了。做个简单的小手术就能治好。"也许是顾念还在带孩子的女儿，母亲提起这事语调很轻松。

但是爱美受到了很大的打击。因为她一直都很信赖母亲，认为她是自己绝对的依靠。但是这样的母亲，也许有一天会消失不见。一想到这个，爱美就浑身哆嗦，恐惧不已。

在网络和书籍中对大肠癌做了大量调查，并阅读了各种经验之谈后，爱美了解到，的确如母亲所说，没有转移到其他的脏器真是不幸中的万幸。对此，她心怀感激。也知道了术后只要调理顺利，还是能活得很久的。多亏这些信息，爱美才能调整好情绪，明白了不应该过度恐惧，而是按部就班地做好该做的事情，一步步治疗就好了。

实际上，因为父亲获得了介护休假①，所以母亲入院和后续的治疗期间，爱美的负担并没有想象的那么重。等原定的治疗期结束后，母亲恢复了以往的生活，甚至精神地再一次申请了健身房的会员。

但是，当第一次从母亲口中听到那个病名时，心脏几乎停跳的感觉已经深深印刻在了爱美的身上。那就是，自己不能永远依赖母亲，而母亲也不会永远如此刻般健康。生命有限，这听起来悲伤，却是不争的事实。——爱美意识到时，内心的某处发生了变化。

凡是当下能做到的，就要全力以赴。

为了能和母亲有更多的相处时间，父亲向公司申请调换了工作岗位。这么一来他的薪水肯定下降了。一想到这个，爱美就觉得不能再依靠娘家，决心凭自己的力量承担责任。

虽然没办法出差或接待客人，但是爱美会把工作带回家里做。晚上把孩子哄睡了以后，深夜一个人对着电脑工作是常有的事。因为每天都睡眠不足，所以乘坐电车通勤时非常煎熬。那段时间连吃饭都舍不得花时间，每次都狼吞虎咽，却一

---

① 介护，是看护、护理的意思。介护休假，在日本是看护病人、老人休的假，每年能请假五天。

点没胖起来。休息日如果圭一带孩子去公园玩,爱美常常会草草料理完家务,从大中午就开始呼呼大睡。

虽然困难重重,但好在幼儿园老师还有应用上找到的几个保姆都很负责。虽然今天来的保姆不靠谱,但在这个应用上登记注册的人中,确实有很多有爱心且擅长照看孩子的人。

正是因为有这些人的帮助,爱美才能走到今天。

还有一件事很重要,爱美的直属上司网络宣传部部长大原非常理解她的情况。

当爱美提及母亲正在抗争病魔,大原也袒露了自己家里的情况。他在老家的父亲因病装上了人工肛门。虽然父亲现在没事,但大原几乎每天都会和妻子讨论早晚会面临的选择:要么接过来一起住,要么送去专门的护理机构。

对于同样家里有病人需要照顾的爱美,大原多有照顾,在工作上常常给予通融。

爱美策划的销售方案能够实际落地,很重要的一个原因是大原的大力支持。爱美把介绍公司冷冻食品的最佳解冻方法做成短视频,再把短视频附上 QR 码[①],粘贴到消费者容易检索和点击的地方。基于这个创意,又推出了介绍菜谱的网站"咕嘟咕嘟",一经发布便获得了超出预料的成功。

以此为契机成立了"咕嘟咕嘟"小组,爱美当选为组长。

---

① QR 码(Quick Response Code)是二维码的一种,最早发明用于日本汽车制造业追踪零部件。

为了能让"咕嘟咕嘟"有更长远的发展,爱美又策划了微电影,用来介绍改良的菜谱和烹饪的过程。

那段时间,爱美对自己创造的"咕嘟咕嘟"产生了深刻的感情。为了能让这个企划的内容更丰富,受到更多人的喜欢,她每一天都干劲十足。至于组长的职位,只觉得是一个锦上添花的头衔罢了。

但是大原为了拉来更多的预算,提议把"咕嘟咕嘟"变成一个独立的部门,让爱美来担当这个部门的责任人。虽然这家公司风格保守,不会轻易更改组织架构,但是网络宣传部因为领导层没有相关知识,所以新的意见反而容易得到采纳。也许是因为大原极力地发声,"咕嘟咕嘟"企划科成立了。而爱美被突然任命为科长。

其实爱美是有点困惑的。按照公司的升迁路径,一般来说要三十多岁的时候才能当上科长。像爱美这样跳过好几个前辈突然被提拔,在公司内成了一个不小的新闻。

虽然有所迟疑,但是因为大原的期待,爱美内心干劲十足。她本就有在初中和高中担任学生会长的经验,是那种一被期许就会全力以赴的类型。

她想起大学的学姐曾经说过:"工作中,比起做事的充实感、对社会的贡献以及获得的工资,最重要的其实是人际关系!"当时听时半信半疑,但现在对这一点完全认同。

只有得到信赖和支持,才能顺利做好想做的事。虽然是工作，但本质上是人与人的关系。有了良好的社交氛围，工作才会变得有趣。那时候，爱美正处于这个良性循环之中。比起出人头地，爱美更重视的是如何回应大原的期待。要让整个团队能够开心工作，要让"咕嘟咕嘟"能够更充实，这些愿望让爱美全力以赴地投入到了工作中。

原本立志成为公务员的爱美，和同年级的朋友相比，更看重工作能否稳定和持续，有没有乐趣和是否光鲜亮丽反倒在其次。

大学一年级时，爱美参加了公务员志向社团提供的心理测试，测试自己适应什么样的工作。当时爱美对工作的需求按照优先级排列：一、稳定；二、对别人有用；三、与私生活分开。

同时进行地方公务员考试和求职活动的时期非常辛苦。大学里，有人一边上公务员培训学校，一边以企业为目标参加就职活动。和社团里的大部分学生一样，爱美也是如此。然而实际上，这样的人很难在周期长、竞争压力大的公务员考试中胜出。虽然从大学入学时就这样努力着，但除了少数几名幸运儿，大部分都中途放弃了，爱美也位列其中。

不过，能够拿到以稳定而著称的食品公司的内定，也是件幸运事。

录取爱美的公司，旗下有好几个国民认可度高的常规冷冻食品品牌。规模虽不是最大，但略有名气，坚如磐石的经营也是有口皆碑。爱美的父母和亲戚都对这个选择表示了祝贺。

实习结束后，爱美被分配到公司，至今仍在这个成立时日尚浅的网络宣传部门。自己在同龄人中，对于运营网络账号不算特别热心，为什么会被派到这个最前沿的部门？爱美不是很理解。反倒是同期的麻衣，明明从学生时代就在自媒体平台崭露头角，却只是被派到秘书科而已。

后来才从大原那里了解到，这个公司一开始的人员调配，与本人的愿望，甚至是个人的属性相悖的概率很高，据说是因为公司创始人希望员工能够以更开阔的视野跨越逆境。虽然这个做法不大符合现在专才专用的风潮，但是能够了解和学习新事物，爱美倒也乐在其中。与此相对，被派到秘书科的麻衣，则是在满腹怨言中辞去了工作。

爱美迷迷糊糊地回忆着过去，突然想起了刚才还在一起的麻衣。

麻衣身材姣好，即便是刚入职那会儿穿着朴素的深蓝色西服套装，也总能让人觉得很华丽，今天的她自然也是十分亮眼。只是普通的衬衫配牛仔裤，却看起来十分清爽利落。脖颈上戴着一条不仔细瞧几乎看不出来的细金链，反衬着耳朵上的大号耳环摇曳生姿。穿搭方面的每一处细节都展现出了麻衣精致的品味。

混着几种精油的手工香水小瓶也是麻衣给的，这份时尚礼物非常能够体现麻衣的品味。

她还对香水进行了细致的解说，真的是充满魅力的一段发言。但爱美一天到晚在两个小男孩身后追着跑，心下暗自觉得，自己可能没啥机会用到这个礼物了。

我走了之后，坂东和麻衣怎么样呢？

时间已接近零点，也许他们还在同一家店喝着吧。

恍恍惚惚想着这些，爱美打开了电视。等圭一关店到回家还要四十分钟。

"要不再喝点什么？"

爱美喃喃自语地打开冰箱，拿出特价时囤的罐装柠檬碳酸酒，拉开拉环，又打开了网络播放的韩剧。这是她偶尔会看的法庭剧，但是不知为何，今晚的剧情很难消化。虽然眼睛追着字幕，但内容难以理解。到底为了什么心里这么烦啊？

比起保姆的事情，爱美心中还有更浓重的雾霾。停顿片刻，爱美重新审视了那层迷雾。原来是坂东和爱美的对话。

——也许会成为同期中最早当上女部长的人哦。

——怎么可能止步于部长？接下来就是最年轻的董事，然后一路升迁成为首位女社长也说不定哦！

虽然是极为常见的无聊调侃，但那时不知为何，心绪十分烦躁。现在想来，就么夺门而出也真是太没有大人的样子了。坂东和麻衣的对话并没有恶意。当然，爱美也明白，那虽不是恶意，也绝不是真正的赞赏。

猛地把柠檬碳酸酒一饮而尽，"到底在说什么胡话！"爱美难得愤恨道，"什么同期最早当上女部长！女社长！"也许是酒劲上来的缘故，真的是一肚子火，"那帮家伙根本就不明白！"

……不是，不对。也许，他们其实"明白得很"，自己不过是个装点门面的科长……

——装点门面的科长……

爱美会这么想，其实是因为最近发生的一件事情。

对于设立"咕嘟咕嘟"企划科的理由，大原声称是为了容易拿到预算，把广告和创新区别开才容易整理体制。那时候大原把爱美从会议室叫出来，想推举她为科长，他说："周围人可能因为你既年轻又是女的而说三道四，但是请一定带着觉悟和干劲好好加油！"

"谢谢您！"爱美从心底相信大原，低头致谢道。

被人说三道四，爱美对"年轻"这个理由还能理解，但"又是女的"算是个什么理由呢。

自从进入公司后，还没有感受过男女不平等。爱美是奔着干一辈子的目标而求职的，她在这家公司的说明会和面试中看到了不少女性员工的身影，这也是她会选择报考这家公司的原因之一。爱美觉得这毕竟是一家和食品关系紧密的企业，所以女性员工的意见也会很受重视。实际上同期的男女比例差不多是一样的。对比从商社①和其他制造业工作的朋友那里听到的信息，这是一家没有性别歧视、让人自豪的公司。

自从成为公司首位二十代②女科长，被周围人阿谀奉承之后，爱美开始注意到了以前没有留意的事。

的确这家公司的女性员工很多。但是，领导的人数呢，女部长、女董事呢？

爱美到现在才开始怀疑，也许公司只是想快速创造一个"二十代女科长"。两个孩子的母亲，碰巧顺利让新企划步入正轨的自己，会不会是正好符合公司计划的一片拼图？

大原是不是深思熟虑到那种地步才推举自己为科长的，爱美难以揣度，但内心深处希望他的确是看重了自己的能力。

然而，公司的想法还是超越了爱美的想象。

首先，招聘部门看上了爱美。她现在是公司的广告招牌。在她就任科长后不久，放大的正脸特写就被登载在了公司招聘的首页。虽然现在不在首页了，但是爱美的访谈依旧在上面。那是在专业造型师和化妆师的打造下由专业摄影师拍摄的照片。拍摄的那会儿，爱美不敢相信公司会为自己做到这个地

---

① 日本的商社，又称综合商社，是集贸易、产业、金融及信息等为一体，为客户提供综合服务的大型跨国公司。
② 二十代，在日本指的是进入二十岁不足三十岁的成年人。

步,还一度十分感动。在那之后,公司的宣传部、新闻部也提出要采访爱美。有一位采访者比她大两岁,问了她一些怎样兼顾家庭和工作、今后想做什么、和同期的友情之类的问题。那个访谈内容后来登在了公司内部的报纸上,还转载到了公司宣传册里。以此契机,爱美的人生轨迹受到了外部的关注,当她收到女性杂志和女性向网站的采访请求时,真的吓了一跳。

本身爱美就不是喜欢万众瞩目和众星捧月的个性,她更乐于通过低调的努力给团队带来好的影响。

但,这是工作。如果是公关部的安排,爱美身为员工也会接受外部的访问,因为她觉得这和公司的利益有关系。即便因此会挤压工作的时间,她还是会接受女性杂志的采访。如果是女性向之类的研究座谈会来邀请,她想着也许可以借此提升公司的形象,便会欣然前往发言。一切都是因为她认为这是自己的职责。

公司一直在依赖着爱美,利用她这块活招牌,堂而皇之地宣传这是一家"即便是两个孩子的母亲,也可以作为科长带领团队生机勃发的公司"。其实在公司内部,能做到科长职位的女性寥寥数人。

最近的学生们,很看重工作和个人生活的平衡。特别是女学生,会努力辨别,一家公司是否能让自己结婚生子后长期干下去。而爱美就是个活生生的例子,能够让她们感到安心,这一点爱美自己心里清楚。爱美觉得只要自己努力,那些后续进来的女性就有机会一展所长，所以并不抗拒成为宣传的棋子。

看着爱美频繁地活跃在媒体上，周围人也似乎对此津津乐道。

"那个……看到了哦。很活跃嘛！"

"你上了那个……吧，真厉害！"

和她打招呼的人接连不断。

连大学时期同一个社团里立志报考公务员的伙伴也在网上向她私信表示赞许和祝贺。"很活跃嘛！""太厉害了！"……

同期伙伴们也给爱美的晋升开了庆祝会。在各自岗位上十分忙碌的大家，为了她在深夜聚到一起举杯庆祝，这让她非常开心。"太优秀了！""太厉害了！"在那里大家也是同样地赞誉不断。

对于这些赞美，爱美并非不心动，因为受到了大家的夸赞，她发自内心地想要更加努力。幸好，爱美团队的"咕嘟咕嘟"视频应用的免费会员突破了两万人大关，还和几个料理研究家合作，一起开发了用冷冻食品烹饪的原创菜谱，并附上热量和营养成分的详细介绍。会员们通过应用内附带的链接浏览公司网店，由此带来了大量的订单，爱美的名字得以出现在公司内部报纸的领导专栏里，获得了很大的赞许。

"江原爱美的创意很了不起。但是能让这个创意这么快就实现的周边力量也很厉害。对于女性员工的创意没有武断拒绝，而是从中寻找成功的可能，这种不是敏锐的商业直觉是什么！"

内部报纸上，持有公司股份的大老板的这段话，让爱美在公司上层领导中也成为了名人。在电梯或者大门等地方常常会有董事主动和她打招呼，甚至还会被叫去和常务以及董事吃寿司午餐。

凡是上级邀请，爱美一般都会答应，因为她单纯想要从经验丰富的前辈那里多学一点东西。"咕嘟咕嘟"企划科的工作能取得上层领导的认同，将有利于今后内部沟通、获取预算等工作。爱美认为这都是她作为科长的分内之事。

如果董事让她去打高尔夫球，"好的。"如果常务让她用他太太的旧高尔夫装备，"谢谢！"如果对方把那套高尔夫装备邮寄到家里，那么就附上点心和感谢信寄回去。如果是商业合作公司让她去参加高尔夫比赛，那就去。事前稍微练习了一点的爱美，和同样几乎没有经验的商业合作公司的年轻人一起争夺安慰奖，进而受到大叔们的关照。大家都很喜欢指导年轻人。

回想起来，一起参加比赛的二十来个人中，只有三个女性。爱美之外的两个是四十来岁的漂亮女士，但不是同公司的人。虽然寒暄几句，但是没有聊彼此的公司和工作内容。饭后只和董事介绍的几个人交换了名片。接着爱美会以家里孩子还小为由，提前回家。行李会邮寄，来去都坐电车，往返邻近的县需要三个小时。其他人是开车来的,但没有人会对她说,要不要载你一程。

家里等待她的,是勤恳照顾了两个男孩一天、精疲力竭的圭一。圭一本身的工作是餐饮,可在家并不下厨。但是他理解爱美的劳累,所以毫无怨言地吃了她从便利店买来的便当。看到圭一这样,爱美深感夫妻俩能安心交谈的时间都减少了。

不知为何,圭一和爱美总是疲惫不堪。

对于为什么要叫自己去参加这些活动,爱美的疑问与日俱增。即便如此,爱美还是毫不迟疑、满脸堆笑地为了"咕嘟咕嘟"还有自己的团队继续在公司负责营销。

大约半年前,风向开始逐渐改变。

一家创业公司以"只用冰箱里的食材制作当日的饭菜"为概念,推出了一款与"咕嘟咕嘟"极为相似的视频应用,引爆了巨大的人气。比较了两者后,爱美认为"咕嘟咕嘟"的制作更加精细,介绍的料理也更讲究。

但是,那个应用很快在视频数量方面赶超了"咕嘟咕嘟"。除了食谱本身,连淘米的方法、蔬菜的保存等都被做成了短视频,且更新频率很高。总之,他们依仗量和速度汹涌而来。

面对强有力的竞争对手,爱美提出了更改"咕嘟咕嘟"战略路线的建议。

借助吸引到的会员转向提高知名度。不拘泥于自己公司的产品,而是跟其他美食烹饪家合作开发原创食谱。为此需要大幅增加预算。但好处是,随着会员数量的增加,这个应用可以成为宣传工具,将来有望把"咕嘟咕嘟"培养为能创造广告收益的媒体。

作为"咕嘟咕嘟"的创始人以及引领"咕嘟咕嘟"的团队领导,比起自己出名,爱美自然更看重"咕嘟咕嘟"的成长。

但是,公司并没有接受爱美的提案。

刚被拒绝的时候,爱美认为是自己的方案太不成熟了。所以重新审视了每个细节,尽可能做了删减,把企划打磨后再一次提交了上去。

然而,努力还是没有得到回报。

后来,爱美从大原那里得知了公司经营会议的结论:没有必要再给"咕嘟咕嘟"追加新的预算了。大原在告知结果时,脸上毫无惋惜之意,这让爱美非常受伤。"咕嘟咕嘟"只需为自己公司产品的销售额做出贡献就可以,这既是公司的规划,应该也是大原的想法。

爱美还想再争取些什么,大原说道:"'咕嘟咕嘟'只要一如既往地保持可爱不就好了?"虽无恶意,却有一种事不关己之感。

"'保持可爱'是什么意思?"

爱美一脸认真地发问,大原有了些许慌乱。既有害怕自己的失言会被人当作歧视的恐惧,也有无意间觉察自己在歧视的仓皇。

"没什么特别的意思啊,我是指,像原来那样就好。如果追加了预算,责任也会加倍。别那么拼命,只要像原来一样,把它当作一个促销手段来给咱们的商品增加人气就好了。实际上在公司里的评价不也很好吗?社长夫人都说她常常看'咕嘟咕嘟'呢。"

大原虽然有些慌乱,但脸上仍然是一副无所谓的表情,以为只要说了这些,爱美就会高兴。

在那一瞬间,爱美看透了大原的真实想法还有公司的规划。

不管是眼前的这个人,还是这家公司,一开始,就没有想把"咕嘟咕嘟"做成更大、更有影响力的媒体的野心。

"我了解了。谢谢您。"爱美勉强赔笑道。

在那一刻,爱美具备了社交处世的圆滑和释怀一切的淡然。

在那之后,"咕嘟咕嘟"依然作为公司产品的促销工具,持续在公司官网上发布视频。爱美也继续负责"咕嘟咕嘟"企划科的内容制作工作。

做的事情和成立当初没什么本质上的不同。新的改变无非是向用户征集食谱,以扩大宣传范围。这项企划虽然打着竞赛的名义,但也只在本公司的网站和社交平台上发布了消息,报名的数量很少。看到后辈拿来的企划案时,其实爱美脑海里想了不少点子，比如请有名的料理研究家当评审员、设置些海外旅行之类的稍微豪华的奖品、在女性杂志上做宣传，但全部放弃了。

为什么？因为"咕嘟咕嘟"只要"保持可爱"就可以了，在不可能得到更多预算的情况下。

放弃了这些想法后，爱美觉得，自己其实也像"咕嘟咕嘟"一样，被困在了"可爱"的固定形象中。虽然努力不让自己去思考这些，但心里非常清醒。

在这个公司，一般调职到其他部门是不会降职的。所以，爱美无法申请调动去别的部门。因为只要她不犯特别大的错误，就得让她升职。

——也许会成为同期中最早当上女部长的人哦。
——怎么可能止步于部长？接下来就是最年轻的董事，然后一路升迁成为首位女社长也说不定哦！

她又想到了坂东和麻衣的戏言。

麻衣也就算了，但坂东可是在同家公司内，从系长顺利升迁到了主任的位置，不可能不了解爱美在被当作"装点门面的科长"。即便不知道细节，也应该知道爱美并不是这个公司升迁路线上的主力；相反，正是因为坂东清楚这一点，所以才这么随意调侃，对此爱美心知肚明。

玄关的大门咣当一声打开了。

恍恍惚惚的爱美回过神来。

电视里的两个韩国演员正在法庭上激烈辩论。明明是很严肃的场景,却时不时穿插着怪异粗俗的笑话。爱美其实还挺喜欢这个剧的,但因为漏看了很多内容,所以他们现在到底为什么争执,她完全摸不着头脑。

圭一发出一串"呜……"的声音,进入了客厅。他应该是在说"我回来了",但是口齿不清,倦意满满。

爱美按下了电视剧的暂停键。

"你回来了啊。今天很晚哪。"爱美说道,接着大吃一惊。

圭一面如土色,脸上尽是爱美不曾见过的灰暗。

"小圭。"爱美不禁呼唤。

"还醒着哪。"圭一边说边走了进来。灯光下看来他的脸色倒也没有那么可怕。也许刚刚是因为客厅走廊那侧没有光线,圭一隐在了黑暗里。

即便如此,丈夫脸上瞬间闪过的阴霾还是让爱美心有余悸,但她选择佯装不知,语调轻快地问道:"想吃什么?我简单做点?"冰箱里有冷冻面条、鸡蛋,应该还有冷冻的菠菜。

"没事,不用了。"圭一回道。

"洗澡水烧好了哦。"

"啊,谢谢!"

圭一笑了,一如往常。这让爱美安下心来。

"那个，你脸色看起来不太好……是不是累到了？"虽然故作轻松，但一旦问出来，爱美又隐隐觉得背脊发凉。她又想到了母亲第一次和她说生病的时候。圭一还年轻，学生时代锻炼出来的体质应该很结实的……不会有事的……爱美一阵胡思乱想。

"是啊，今天干得比较晚，不过，也有个好消息。"圭一说道。

"是什么？"

"上面又交给我管理一家新店。"圭一回道。

"啊，一个人要管两家店？"

这算是好消息吗？爱美觉得不安。

圭一在一家连锁餐饮企业工作，旗下有葡萄酒主题的意大利休闲餐厅，也有主打包间就餐的创意日料餐厅等，虽谈不上豪华，但比家庭餐厅高一档次。圭一现在是东京都内一家意大利餐厅的店长。有一段时间因为人手不足，他曾同时管理两家餐厅。那是结婚之前的事情了，圭一甚至因为过劳病倒过。

"不是的，是要负责一家新开的店。"虽然气色不好，但是圭一表情明亮，语气轻快。

"是吗？"

"姑且变成了统筹经理。除了现在这家店，还要负责另外一家店的运营，从人选到研发菜单这些都要负责。"

"啊，那很厉害！"

爱美很吃惊。统筹经理是比店长更高一级的职位。

"接下来我会更忙一点,这个时候正是需要努力的关键阶段。"

"是啊,我能理解。"

"但是,你既要工作又要照顾母亲,事情也很多。所以家务方面咱们就尽量请人帮忙,比方说找保姆或者家政,想办法克服……"

"嗯。"

爱美点了头。虽然点头了,但不管是保姆还是家政,都是一笔不小的费用。考虑到房贷和需要给孩子积攒的教育费,哪能那么容易全部外包呢。这些事到头来还是得她自己来操心。但是爱美刚成立"咕嘟咕嘟"的时候,圭一的确帮忙分担了很多,现在该轮到自己迁就他了。

爱美一边想着,一边对圭一说道:"你先去洗澡吧。"

"谢谢!"

爱美看着丈夫走向浴室的背影,不知是不是心理原因,总觉得比记忆中纤瘦了不少,背也有点弯。

我得好好加油了,爱美内心低语。不管我是"装点门面的科长"还是什么,只要还在科长这个位子上,就能领到比其他同期多的职位津贴。如果一个劲儿怀疑自己因为女性身份而被"优待",揣测周遭的视线,纠结自己的野心是否与能力相配,也许会失去更重要的东西。

听着圭一开始洗澡的声音,爱美重新振作。

我就是我,做好自己的工作,守护好自己的家人,活出自己的人生!

冈崎彩子

当同岁的正式女员工邀请她参加聚会时,被一部分男员工称为"外包工"的冈崎彩子立马回答了"去!"。当然是满脸堆笑地答应,然而之后的一个礼拜,她一直在想怎么拒绝。

但最终还是决定去了。发起邀请的正式员工三芳菜菜——三十岁,拥有一段办公室婚姻,目前正在怀孕。几天来她常常一脸天真地对彩子笑语:"有没有什么想吃的?""不用费心带什么礼物来哦。""从我家到你家,算上转车四十来分钟就能回去。"为了邀请她去家里做客,菜菜总是雀跃地跟她搭话,这令彩子错失了拒绝的时机。但也许在内心深处的某个地方,彩子也期待着和她以及她的同期多亲近一些。

菜菜提前告知了彩子,她还会邀请新人时期在同一个工厂实习的同期。

"到时候全是你的同期,我一个陌生人加入真的没问题吗?"彩子反复确认。

"完全没问题!"菜菜斩钉截铁地说,"还有个辞职离开公司很久的人也会去,其他人也都完全不需要客套。"

仔细追问后,彩子得知菜菜同期里有位公司名人,叫江原爱美,她会去。还有小西也会去,他们偶尔在工作上有交流,小西说话沉稳令人安心。一听到是这些人,彩子有了想要多交些新朋友的想法。

当然,还有个原因,而这才是最重要的。那就是,彩子不知不觉喜欢上了菜菜。

虽然一开始她也很警惕,完全没有和菜菜搞好关系的想法。但是菜菜毫无顾虑地一个劲跟她搭话,拜托她做事的态度十分认真,给的指示也很细致易懂。最主要的是,菜菜不会因为自己的心情就改变对人的态度,不会看人下菜、见风使舵。特别是随着交往的深入,了解到她是大大咧咧平易近人的性格后,彩子就更安心了。

等交往久了,彩子对菜菜的戒心全消,已经是要好到中午一起吃午饭的关系了。

两人经常围绕着电视剧、喜欢的偶像和公司里的八卦毫无顾虑地热聊。能够轻松地和同事宛如学生时代朋友般地相处,去公司对彩子不再是一件痛苦的事。她想尽可能地延长在这个公司的任期,除了公司宽松的氛围,没有她想象的怪人之外,菜菜的存在是一个重要的原因。因为不管是在上一家,上上家，上上上家公司，还是在她毕业后进入的会计师事务所，彩子都没能做长久。

除了会计二级①，彩子还考取了好几个资格证，所以在事务职上她有信心游刃有余地处理好一系列事情。再加上她一丝不苟的性格，所以迄今为止都没出过什么大错。但问题总是出在人际关系上。

总是不知道为何会被年长或同僚的女性疏远、说三道四，甚至频繁遭受一些很小的恶意对待。另一方面，指导他的男前辈或者已婚的男上司总是会莫名其妙地喜欢她、邀请她……

没什么特别的理由吧？

到底是为什么呢？

但是，真的没什么特别的理由吗？真的，不知道是为什么吗？

迄今为止已经在四个不同地方经历了相同的事情。连彩子也怀疑，是不是因为自己有容易被同性讨厌，容易招惹年长男性的特质？

思来想去，彩子心烦意乱，干脆把至今招惹麻烦的原因，归结为自己年轻无知以及缺失女性朋友。

偶尔在电视上看到二十岁左右艺人稚嫩的言行，彩子会联想到自己身上。

---

① 日本的会计等级考试分为一级、二级、三级、四级。难度依次递减，一级最难，四级较容易。三级、二级的通过是一般公司做会计的标准，用人单位看重这个。

敬语说不好，也不会好好道谢，总是战战兢兢，说起来还会讲些本就不习惯的奉承话。彩子真不太想回忆那时候的自己。

即便如此，经常有"怪人"对她说些没必要的挖苦话，自己的工作不做，把任务强加给她。

会被年长的怪男人缠上，是不是因为自己看起来太孤独了，有时候彩子会这么想。她和其他做事务工作的女同事也处不好，总是独来独往。虽然并没有遭受到恶劣的霸凌，但觉得自己一直以来很难融入到那个多数人的圈子里面。从孩提时代就是如此。明明私底下一对一是可以说上话的，但是当这些人聚在一起变成一个大的群体时，自己永远无法融入。

彩子从来不觉得自己能说出值得别人倾听的话。内心深处总是觉得，这世上不会有人想听她说话，她一直很羡慕在圈子中心畅所欲言、收获许多笑声的人。那样的人除了能使周围人感到快乐，还在潜意识中具备让大家快乐的自信。

正是因为心中的自卑感，彩子和女同事说话的时候总是不自觉神经紧绷。为了不被讨厌，彩子故意摆出低姿态，为了能让对方哪怕稍微喜欢自己一些，彩子努力说着奉承话。也许那种自虐的姿态也是让人想疏远的一个理由。

在第一次上班的会计师事务所，彩子曾对倾听自己工作烦恼的事务所所长倾诉过这些，对方的回答是："你自我认同感太低了。""你应该对自己多点自信。"

的确是那样。

彩子的内心某处总觉得自己不值一提。

那位事务所所长后来带她去日料店吃饭,其间小声告诉了她被录用的决定性理由。那就是,她在履历书上的字迹。如果是现在听到那种话,肯定会反感他到底在瞎说什么,但当时的彩子刚满二十岁,真的是老老实实地道谢,从心底觉得所长是个大好人。

男人的夸赞十分巧妙。他没有说"你字写得好",而是说"字如其人,你的认真和诚实可见一斑"。现在想来,可真幼稚,真想抱抱当时因为这么一句话就高兴坏了的自己。

彩子记得那个时候说起自己一直在练习书法,对方星星眼地夸赞说"看来你还是出身书香家庭呢"。但事实是,彩子的老家经营洗衣店,经济状况一直捉襟见肘,书法是在近邻的近似半义务开放的主妇教室学习的。从县立高中毕业后,学习了短期大学①的会计课程,拿到了二级证书。

事务所所长其实是个和彩子爸爸年龄相仿的有妇之夫,明明觉得彩子自我认同感低,却屡次接近她,不久就对她提议发生肉体关系。

彩子委婉地拒绝几次后,他开始正面指责她不能和女同

---

① 日本短期大学,是日本特有的教育体系的一部分。一般学制是两年,毕业后授予"准学士(Associate degree)"称号。招生对象必须受过十二年的学校教育(包括完成中等教育)。以培训入社会后将直接运用的技能为教育重点。

事好好相处是"想法不正确""过分骄纵"。虽然身为事务所所长，却完全无意协调职场的人际关系，并再次指责万般苦恼的彩子自我认同感太低，甚至最后说出了"家教太差"的话。到头来，那个人也是怪人之一。

为了从那个怪人聚集的事务所解脱，彩子就在派遣公司做了登记，之后就辗转于不同的职场。

接下来交往的男生也是个怪人。在派赴公司曾被已婚上司（这也是个怪人）追求，同年龄的男同事假装是男朋友给她解了围。虽然看起来很靠谱，但是交往后就变得非常有控制欲，到后来常会莫须有地找茬，指责她和别人调情。最后彩子合约期满后马上辞职搬了家，逃走似的离开了他。

到了下个职场，下下个职场，总是会有奇怪的人，总有类似的麻烦存在。

年轻的女子，是否都会有此番遭遇，彩子不得而知。

但是她真的，无数次经历了同样的事情。

一觉察到危险，彩子就会逃走。每一次逃走，彩子都会失去一些什么，比如在同一家公司持续工作积累到的经验、通过实际业绩获得的成就感，也许，还有那一闪而逝的青春。

但是，对于二十多岁的彩子来说，除了逃避，她别无他法。

在即将三十岁的时候，彩子被派遣到了这家食品公司的会计部。总算体会到了可以深呼吸的轻松感，算是遇到了好人——没有比这个更合适的说法了。

会计部部长是个宠妻狂魔。通常把"宠妻"和"恐妻"表现得淋漓尽致的人反而要格外小心，因为这种人中，不少人非常狡猾，总是暗地里招惹年轻女孩子。但会计部部长是个名副其实的宠妻狂魔。其中一个证据就是，部长每每提到他的妻子，会满脸通红，害羞不已。这样的人，彩子还是第一次见到。

会计部里还有另外三个正式员工和一个派遣员工，大家都是性格平和的人。会很认真地教她工作，也不会因为她犯错而过度地指责。彩子很顺利地融入了这个环境，甚至还对为什么迄今在哪个地方都不顺利感到纳闷。她总算可以像平常人一样开始工作了。

在公司彩子主要负责的业务是预支费用和报销。比如给职员们预支或报销交通费、出差费、招待费等，再做成电子文档入档。

之前工作的公司，会把申请表和发票都用电子文档的方式保存起来，以便可以高效地检索。但是现在就职的食品公司做法比较陈旧，一定金额以上的申请表需要以原件的方式保存。彩子的任务就是要把电子文档和原件这两个部分都好好保存起来以便后期检索。她很喜欢这个看起来非常枯燥的工作。

保管文件夹的地方，由于空间有限，彩子会放到管理部的架子上。菜菜的工位刚好在那个架子前面，她性格亲人，总是会热心地和来来回回的彩子打招呼。会计部和管理部会定期地召开共同会议，她俩因为经常一起准备会议，彼此的距离逐渐缩短。随着友情加深，彩子自然收到了菜菜家居派对的邀请。因为女主人菜菜还是个孕妇，所以聚会的散场比预想的要早。

在去车站的路上，走在板仓麻衣身边的彩子很紧张，不知道该说些什么。麻衣大学毕业进入这家公司后又辞职了，言行和穿戴简练潇洒，是和彩子完全不一样的风格。再加上她性格直爽开朗，甚至为彩子这个陌生人都准备了亲手制作的原创香水做礼物，社交能力非常强。

在麻衣的面前，彩子又开始觉得自己一无是处，内耗的毛病又犯了。

"您现在从事调制香水的工作啊，真是多才多艺！"

"我听菜菜说的，您是有名的撰稿人，真的吗？"

对彩子来说，这已是她尽最大所能的社交方式了。当她觉得眼前的人难以接近时，会无比紧张，容易说些得罪人的话，为了掩饰彩子只会一个劲儿地夸奖对方。这其实是一种自卑的表现，她无法提供对方感兴趣的话题。

但是越夸奖，越能感觉到身边的麻衣眼中的光芒一点点散去。都怪自己不好——彩子在近处察觉着一切，内心烦闷。

明明知道不对，为什么还是会这样做呢。彩子体会到一种被拒之千里之外的感觉，心想着，这就是自己容易被同性讨厌的原因吧。

"跟我不必用敬语哦，咱们同岁。"麻衣终于委婉地出声提醒。

是啊，自己连自然的交谈都做不到。彩子感到眼前一片灰暗。这样的地方，早知道不来就好了。彩子突然感到后悔。

等到和其他人会合后，彩子便默不作声了。今天自己在这里是因为菜菜的情分。想明白这一点，彩子突然觉得很凄惨。对邀请自己来的菜菜，甚至产生了一种难以名状的怒意。

菜菜当然不是坏人，甚至性格非常好。对于彩子蹩脚的处世学，并没有当成是恭维讨好，而是真挚地接受了下来。甚至还大大方方地邀请彩子进入她的圈层，邀请去家里玩、参加同期聚会。但现在彩子觉得，自己本应该搞清楚情况，拒绝菜菜的邀请。

回去的路上，麻衣和她的同期伙伴聚到一起后马上活泼地畅聊起来。讲话的节奏快到彩子几乎跟不上对话的内容。

其间爱美顾虑到彩子，微笑着对她说："彩子，咱们今天能说上话真好。"

"能说上话是我的荣幸。一开始我还担心你们都是同期，只有我自己格格不入呢。"

彩子拼命挤出微笑，心想这个人和菜菜一样亲切。

"啊，怎么会？能在公司里多一个朋友是好事啊！对吧？"

从爱美自然的问答中，彩子感受到了她的风度。作为在二十多岁就迅速晋升为科长的公司名人，她机敏聪慧，善解人意。在家居派对上，当同期的大家因为彼此过去的回忆而聊得热火朝天的时候，爱美会自然地给彩子做讲解。

麻衣和爱美超强的社交力与亲和力在彩子的心中落下一道暗影，她又开始觉得唯独自己做人很失败。

所以当大家邀请她再去喝下一轮的时候，彩子心生怯意。如果就这样跟着他们去下一家的话，肯定又会搅乱现场的氛围，开销也会变大。今天一天的礼物钱加上交通费，可不是一笔小数目。虽然菜菜让她空手来，但是彩子无论如何都觉得不妥，所以买了带水果的果仁蛋糕。虽说是家居派对，但是算上交通费，其实和在高级餐厅吃一顿没什么区别。

虽然跟彩子说不要带礼物来，但菜菜其实和其他同期都提前打好了招呼，前菜、饮料、点心这些，每个人带什么过去都分配好了。所以彩子带过去的蛋糕就和爱美拿来的玛德莱娜小点心撞车了。爱美带来的点心是小包分装的，于是作为伴手礼分给了每一个人，接着大家一起把彩子的蛋糕切了分吃。爱美让大腹便便的菜菜坐着，帮忙切了蛋糕。对于自己没有注意到这一点，彩子十分懊恼。

"小彩你也去吗？"麻衣问她。虽然是初次见面，但已经用昵称"小彩"来称呼她了。

"我明天还要早起……"

彩子一边嘟囔着一边觉得自己对这个人有些抗拒。虽然不是什么坏人，但是每次声音都很大，听得她想退缩。

没有人挽留语气含糊的彩子。虽然如果有人挽留也会造成困扰，但彩子还是觉得有点寂寥，又担心自己的软弱肯定会被麻衣这样的人疏远。

"那路上小心哦。在公司见到了还请多多关照。"爱美彬彬有礼地说道，但其他人没有太在意，并没有目送彩子离开。

车站就在不远处，彩子加快了脚步。她觉得有点累了。明天是休息日，也没有什么特别的安排，但很想快些回家喝下温牛奶早早入睡。这时，有人轻轻拍了拍她的肩膀，回过头发现是刚才还在一起的小西。

今天几乎没说上话，但由于小西常常会打电话到会计部来，两人曾在公司见过面，因此彩子对他并不陌生。且和麻衣相比，小西性格沉静，更容易相处。

"不好意思，把你叫住了。"小西说道。他有点气喘，似乎是一路小跑过来的。

"没和大家一起去第二家聚吗？"彩子问道。

"我打算回去了。"小西说。

两人一起向前走去，等看到了车站，小西却说："时间还有点早啊。"

"是啊。"彩子回道。

"还有时间，要不我们再去喝一点？"

被小西这么一问，"欸？现在吗？"彩子确认道。

"呃，那算了，是有点晚了。"小西立马收住了话匣子。

转变得这么快,把彩子都逗笑了。一会儿说回去,一会儿说还早,彩子当然明白,这前后矛盾的举止是因为他想邀请自己喝酒。

"我可以的哦。"她马上接话道。

虽然有点累了,但是今天总算遇到了主动想跟自己说话的人,彩子心里很高兴。

"那咱们走吧。"

小西的神情跟着明亮起来。

"但是,如果要在这地方,可能会碰到其他人。"

"啊,这倒也是。"

"那……"彩子提议换个地方。不知为何,有一种一起干坏事的甜蜜。

彩子和小西坐上了电车,去了另外一个地方。

明明是说再喝点,结果两个人却进了家庭餐厅。

他们点了店里的招牌酒,象征性地碰了杯。小西点的是红葡萄酒,彩子的是白葡萄酒。

店内光线明亮,彩子并没有醉,却突然感到了一丝尴尬。小西似乎也不太健谈,默默地摆弄着酒杯。

"人真多啊。"彩子开口道。

在这家餐厅之前,他们已经转了两家居酒屋,但都因为客满无法入座。

"人真多啊。"小西回了同样的话。

但还是没能聊起来。

彩子想起了麻衣和爱美。做自由职业者的麻衣混得风生水起，正式员工爱美在同期中最早显露头角。虽然自己和她们同岁，但在人际交往上，简直是天壤之别。像这种时候，如果是那两个人，不管对方是谁，都能抛出一个不失礼节且能互相谈笑的话题，巧妙营造出轻松愉快的氛围。和她们相比，自己……

但是另一方面，彩子又觉得问题在小西身上。

毕竟是他先约的自己，把对话的主导权推到自己身上未免有些……

如果换作坂东或者拓也，他们会怎样应对呢？坂东充满着体育生的活力，拓也则是潇洒时尚，但他俩都让彩子觉得难以接近。不过二人的沟通能力真是了不起。在菜菜家里，他们贡献了很多话题。为了不冷场，不失时机地给每个人抛话，引导大家一起交流，还会热情地和大家互动，让气氛活跃起来。但小西大部分时间都是沉默的。

小西在公司也时常沉默，这样的他竟然会主动邀约，彩子感到很吃惊，甚至觉得他对自己有意思。但无论如何，此刻的沉默又算是什么意思呢？

因为太过尴尬，彩子决定大胆开麦。

"那个……"

"那个……"

她的声音和小西重叠了。

两人面面相觑,小声笑着表示让对方先说。

"那,我先说了。每次都因为会计的事情给你添麻烦,真不好意思。"

"欸?"

这番话完全出乎彩子的意料,让她吃了一惊。

他这是指什么呢?彩子思索着,想起了一些事情。大约一个月前,小西为了报销差旅费额外拜托她做了一些事,虽然这让她多费了一些工夫,倒也没有多么麻烦。提出报销请求的人很多。

"算不上什么麻烦的。"彩子说道。

"这不是因为后来发现了新的收据嘛。其实应该一开始就归纳在一起,一次性给你的。"

"有时候是会漏掉的。"

"我一直打算好好向你道歉来着,但没找到合适的时机。"

"没关系的呀,这都是工作嘛。呃,小西先生,难道你特地约我出来就是为了说这件事吗?"

听彩子这么一问,小西含糊地点了点头,喝了口酒。彩子被带动着也喝了一口,心想这人太老实巴交了,甚至过于耿直。竟然还以为他对自己有好感,真是天大的误会。

"那个,冈崎小姐呢?"小西说道。

"欸?"

"你刚才似乎也想说什么来着。"

"啊,是啊。"彩子机械地回答着,却一点也想不起来自己刚才想说什么。

"我是想说今天真高兴。你们几位同期,关系真好。"彩子说道,试图掩饰尴尬。

小西听到后露出了微笑:"毕竟我们一起熬过了严苛的工厂实习。"

"真羡慕。"彩子不禁如此说道。

"那你的同期怎么样?比方说第一家工作的公司。"

"我啊,虽然毕业后就进入了一家会计师事务所工作,但没有同期同事。因为我是通过学校推荐入职的,那一年入职的,就只有我一个人。"

"哇,那很厉害。"

"没什么厉害的。只要有会计二级证书就能进。"

"会计二级不就很厉害嘛。而且学校会推荐你入会计师事务所,说明你成绩很好。"小西面露赞许地说道。

彩子闻言下意识地谦逊了一番。然而事实上,彩子的确是全A毕业的。

"虽然只是短期大学,但我是年级里最优秀的学生之一,还在毕业典礼上获得了表彰。"

"哦?"小西瞪大了眼睛,"那的确很了不起。"小西发出了惊叹声,自然流露的惊讶神色让彩子感到自豪。也许正是因为这样，她才继续说了下去。

"导师直接找我谈，问我想不想去他同学经营的会计师事务所工作。据说条件不错，而且四年制大学的人也在那里工作，所以我就决定去那了。"

彩子从未向任何人提起过这件事，甚至连菜菜都不知道。在公司的正式员工眼里，来自普通短期大学的全A成绩并没有什么值得夸耀的。她一直认为这样的事说出来会很难为情。

但是，她却想向小西倾诉。也许是因为他面带笑容，欣慰地向她讲述同期对于他的重要意义，彩子觉得，这样的小西为人直率，内心真诚。

"因为那个事务所规模还挺大，我就想，如果能在那样的环境工作，应该能学到不少东西。"彩子说道。

"你不想成为注册会计师吗？"小西问道。

"唉，那怎么可能。"彩子立刻否定道，"不可能，完全不可能。我只是个小小事务员。注册会计师？肯定当不了的。"她强调了好几次。

"也不是完全不可能啊，毕竟你可是接受过毕业表彰的人。"

"那只是一个谁都能进的普通短期大学而已。"

说完这话，彩子立刻意识到自己的言辞太过卑微，非常后悔。

"我只是，不想回老家，所以才早早入职了待遇好的公司。"

假装不在意般，彩子很快改变了话题。

"老家离这儿远吗？"小西问道。

"去东京要近两小时呢。所以上短期大学是坐电车的。虽然现在的公司如果要坐电车通勤也不是不行……"彩子回答说。

她不经意地透露了家乡的名字，尽管未被问及。这也是彩子未对任何人提过的事，甚至连菜菜都不知道。再这么继续说下去，她可能连家里开洗衣店、兄嫂也许会继承家业、即使回到家也没有归属感等事情都会一股脑说出来，所以赶紧闭上了嘴。

"那真是太巧了。"小西也说了自己的家乡。

虽说是巧合，但也不是什么一模一样的巧合，用不着特别惊讶，小西的家乡不过是彩子的邻县。而小西如数家珍般列举出了彩子家乡的特产、观光地和一些常识性的信息，说得好像是自己才知道的秘密一样，似乎有意给彩子留下深刻的印象。

他的言谈让彩子安心不少，彩子微微露出笑容。

小西看到彩子的笑颜，也舒展了眉宇，"咱俩都是一个人在生活。"

"已经十二年了。"

"啊，和我一样。"

"这么巧。"

彩子上大学的同时就在独自生活。不过一开始，她是住在学校附近的女生宿舍。起初，彩子的父母以为她读完大学后就会回老家，但当她告诉父母，通过导师的推荐，将在会计师事务所工作时，他们也没提出让她回去。彩子找房子时，父母还做了她的担保人，又因为她上学住宿舍时没花多少钱，所以帮她支付了初期的租房费用。

彩子很感激父母的帮助，但她也意识到，父母之所以如此明事理地支持她独立，可能是因为她的哥哥即将结婚。

"你经常回老家吗？"小西问道。

彩子不知如何回答，陷入了沉思。

其实说了也没什么不好意思的，但是她不想让别人误以为她和家里不和睦，可怜她不幸。实际上，彩子自认为和家人的关系不算差，谈不上不幸。

"盂兰盆节和年末的时候会回去。"彩子简短地回答道。

彩子不想再继续谈论老家的话题了。每当她想开口，总是如鲠在喉，十分别扭。虽然家里没有不和，生活上也没有困难，但还没有到可以轻松自在谈论的地步。

"嗯，这倒也是。"小西说道。

"虽然离得不远，但来回总是要花交通费的。"彩子找着借口。

"他们不会要求你回去看看吗？"小西问道。

"嗯啊，是呀。"彩子含糊地回答。

实际上，家里既没有让她回去，也没有说不要回。只是在盂兰盆节的时候，会打电话来跟她确认回去的日期，这已经成为了一种习惯。

父母即使没有她在身边也过得很充实。在老家的院子里，兄嫂已经盖起了自己的房子，孩子也一个接一个地出生了。

兄嫂上的是同一所公立高中，尽管那个高中有的年级比较乱，不良少年很多，但是哥哥和嫂子依靠彼此的存在填补了友情的稀少。这对朴素的情侣在教室的角落默默交往，成年后静静地订下婚事。等收到他俩婚讯的时候，嫂子的肚子里已经有了孩子，双方父母对这桩婚事表示可喜可贺。嫂子的母亲与彩子的母亲曾一起参加家长会，俩人关系非常好，社区举办公交短途旅行时，她们还会坐在一起。关系亲近的两个家庭成为了亲家，这样的温暖联姻在狭小的乡村很常见。

彩子的哥哥曾经在经营管理的专门学校① 学习过两年，偶尔会去玩老虎机解解闷，并没有去大城市发展的野心。今后会和妻子一起继承父母的干洗店，对此他丝毫没有犹豫。而嫂子从小性格就有点温吞，从不会想到借助男人或工作实现人生进

---

① 日本专门学校，一般是两年制，毕业后授予"专门士"称号。以教育课程来看，与短期大学等同。一般，大学教育重点为学习知识，而专门学校以学习技能为主。短期大学则是介于两者之间。另外，日本的专门学校与高等专门学校类别不同。专门学校的招生对象是高中毕业生。而高等专门学校为初中毕业后升入的五年制学校，毕业时可获得"准学士"称号。

阶。这对夫妻会在没有人的地方聊些什么呢？虽然无法想象，但他们作为夫妻相处得非常和睦是有目共睹的。那时候嫂嫂肚中的孩子现在已经在上小学了，下面还有一对妹妹和弟弟。

另一方面，彩子在东京换了好几次工作，搬到了一间房租低廉的公寓。

因为离得并不远，所以盂兰盆节的时候会回去住一晚。每一次见面，兄嫂的体重似乎都在增加，且彻底放弃了对个人形象的打理以及对时尚的追求。不过另一方面，哥哥在干洗店工作得十分努力，兄嫂和父母相处和睦，孩子们也很亲近爷爷奶奶。所谓的婆媳问题似乎并不存在，看来他们在日积月累中建立了深厚的信赖关系。

然而，在这个空间里，没有了属于彩子的位置。不知从何时起，兄嫂一家开始侵蚀她的生活，不动声色，却实实在在地发生着。

大约是五年前，他们开始在她原本的六叠①房间里摆放私人物品：面包机、土锅、吊环健身器材、孩子们的步行器、小型儿童爬行器、毕业纪念册、图鉴……

兄嫂为了保持他们自己家的整洁，特意把用不上的东西塞到了父母家里曾经属于彩子的房间。考虑到空间有限，彩子的父母默许了这一做法。即使彩子偶尔回家探亲，他们也没有

---

① 日式草垫榻榻米的计量单位，一块榻榻米称为一叠，一叠相当于 1.62 平方米，六叠大约是 9.7 平方米。

要收拾收拾的意向。

最近一次回家，情况变得更过分。兄嫂把已经不会再用，但又舍不得扔的东西，高高地堆积到了彩子的床上。对此毫无解释的兄嫂、理所当然般纵容他们的父母，都让彩子觉得很愤怒，却无法言语。

最后，她只好在客厅铺床过夜。原本计划待几个晚上的，结果只住了一晚就匆匆回去了。走在老家空荡荡的商店街上，彩子的脸上满是泪水。

她突然意识到，这么过分的事从很早以前就出现了，父母对哥哥一直非常偏袒。

她不禁思索自己为何没有察觉到这一点。明明是她更刻苦读书，但被父母送去补习班的却是学习成绩不好也不爱读书的哥哥；明明哥哥和朋友们只是一时兴起才打棒球，母亲却兴高采烈地给他买了球棒和接球手套等一整套器材。而对于她，父母却从没有想过报补习班。小学的校园开放日也一样，父母总是先去看哥哥那边，后面才到自己这儿，总是事事以哥哥为主，自己永远都是顺带。

虽然明白这种感伤有点孩子气，但越回想泪水流得越多。她从未有过叛逆期，也从未表明过任何主张，一直以来压抑在内心深处的情感喷涌而出，泪水中夹杂着对自己幼年时的怜悯。那天晚上，她一个人在小公寓里号啕大哭。

这间比第一次租房更便宜的小公寓，成为了彩子三十岁时唯一的归属。它有个带浴缸的小浴室，有一台单孔燃气灶，狭小的阳台上摆着空调外机和晾衣架，距离车站步行十分钟。

然而，作为一名派遣员工，她的未来会怎样呢？

万一失业或身体出了问题，她只能回到父母家。但到那时兄嫂的物品该怎么处理呢？要不随便扔了得了。彩子时常思虑这些事，但总是看不到未来，想多了只会让心情更加郁闷。

"我每次回去都会跟老爸吵架。"小西说道。

"是吗？"彩子含糊地应和。

"所以我已经五年？不，或许是六年，没回去过了。"小西说道。

彩子有些惊讶地看着小西。明明家离得不远，竟然这么逃避回家……

"他们要你接手家里的生意吗？"彩子想到了接手干洗店的哥哥。

"不是不是，我父母都是普通的公司职员。我不回家是因为和家人脾气不和，后来我意识到保持距离会好一些。"小西解释道。

"嗯，但是，逢年过节的时候，你怎么办呢？"

彩子没忍住问出来，马上就后悔了，自己追问太多了。说不定他是和女朋友待在一起。彩子感到脸颊有些发烫，她意识到小西毕竟是男性。

"对不起啊,刨根问底的。"

"我每年都往国外逃。"

两个人的声音再次重叠。

"去国外?"

"我经常会在那些时段出去旅行。再多请几天年假,提前买好节前的白天航班。当然,会选择廉价航空公司,价格划算得超乎预期,亚洲圈的机票尤其便宜。"小西说了一通,但彩子并没有完全领会。当然,她明白小西在说什么,但感觉他的思维非常跳脱。彩子的生活中没有国外旅行的选项。她倒是在上大学时去过一次香港,但之后就再没有更新过护照。说到底,在她的人生里,旅行算不上爱好。

"你一个人吗?"彩子不再觉得自己过于打听了。她只是单纯地想了解。想知道这个人跨年的方式,想了解自己未曾涉足的世界。

小西理所当然地说:"那肯定的啊。"

"真好呀,我也想去。"彩子的唇间轻轻吐出心声,意识到自己因为一杯廉价白葡萄酒醉得有些厉害。

"你想去哪里呢?"小西顺势问道,或许也有些醉了。

"去哪里好呢?"

夏威夷……纽约……巴黎……只是不经意间在某处看过的地名,如梦似幻地在脑海中回旋。工作、存款还是未来,现实中的一切似乎逐渐远离。只要自己想,她随时可以去任何地方。

　　内心恣意蔓延起前所未有的无畏，彩子重新倒了一杯酒。

After...

三芳菜菜

微风拂过脖颈，菜菜冷不防微微瑟缩。虽然说是暖冬，但今天非常冷。明明之前宛若夏天，这回跳过秋天一下子来到了寒冬。

"已经是冬天了呢。"走在一旁的拓也说道。

"是啊，冬天了。"

也许是在一起生活的缘故，菜菜和拓也经常会像这样不谋而合。

想起来以前也有类似的情况。那时刚入夏，菜菜还怀着孩子，下班路上临时起意从便利店买了冰激凌回家，结果当天拓也也买了冰激凌。当然他们挑选的口味还是不一样的，但两个人都为这种心有灵犀感到非常开心。

那个时候的拓也，不光只买自己的，也买了她的呢，菜菜想着。

此时他们正准备去朋友家做客，漫步在他们第一次踏足的陌生街道上。菜菜咕咚咚推着的婴儿车里正睡着的儿子小树。名字是拓也取的，寄托着希望孩子茁壮成长的愿望。由于婴儿车上盖着遮阳罩，菜菜推车时看不到小树的情况。看不到意味着他这会儿正安静地睡着。毕竟，只要这孩子醒着就会闹腾个不停。他会仰着身子扑腾着手脚大声哭闹，挣扎着要从婴儿车里出来。在他还不到两岁的时候，菜菜就已经意识到小树比同龄的其他孩子顽皮得多。现在快三岁了，只有他入睡才能得到片刻安宁。

"小树睡得真香啊。一定累坏了吧。"菜菜这么一说，拓也苦笑道："确实，刚才闹腾成那样，这会儿该累了。"菜菜沉默了一会儿。

走了一段路，他俩异口同声地"啊"了一声，这是他们看到商业街宽阔大道上的榉树同时亮起彩灯的瞬间。然而，看到那些霓虹灯后，"为什么会这样？"拓也笑了。菜菜看着同样的景象也笑了起来。彩灯点缀着街道，氛围却无关浪漫，每棵树的颜色都不一样，有红的黄的绿的，甚至还有紫色的，整体显得杂乱，有点滑稽。

"是商户的品味吧？"菜菜说道。

拓也附和道："这样的城市我可不想住。"

"你说得太过啦。"菜菜笑道。好久没像这样一起笑了。这么点儿小事就很开心，菜菜觉得自己太过幼稚了。初冬刺骨的寒风吹拂着菜菜的衣衫。

三年前，菜菜生下了小树，又休了一年的产假。等幼儿园定下来后，菜菜觉得自己终于可以回归职场了，世界却突然陷入了前所未有的混乱——一种传染性很强的新型肺炎在全世界蔓延开来。

菜菜每天都通过电视和网络关注日益增长的感染人数，窝在公寓里照顾着小树。

那段时间，她对未知的病毒一味地感到害怕。她从不知道自己是那么敏感的人，但那时却感到了生命中前所未有的恐惧，因此在预防感染上异常小心，每天战战兢兢地过着日子。用酒精消毒门把手和桌子，出去购物时小心翼翼地避免与他人接触。每次拓也下班或外出回来，她都担心他会不会把病毒带进家门。

不知不觉间，对感染的恐惧蔓延到了全国，公司发布了禁止餐饮聚会的通知，出勤也变成了轮班制。拓也开始偶尔在家远程办公。电视上充斥着关于新型肺炎的可怕新闻。那段时期，药店里口罩和酒精消毒液陆续断货。每天都是惊恐的。出去购物时，她会用仅剩的口罩做好双重保护，还会戴上尼龙手套。

政府采取了一系列措施来应对疫情。不仅旅行和外出就餐受到限制，原定要把小树送去的公立幼儿园也关门了。好不容易在家长和地方行政的强烈要求下，幼儿园刚要重新开放，园内又出现了感染者。详细的信息没有公开，但听说是幼儿园的孩子带来了聚集感染。最后因为事态受到了重大关注，幼儿园再次关闭，哪儿也找不到可以托管孩子的地方。

幸运的是，和人事部沟通后，她得以延长了育儿假。即便不休产假，她当时的精神状态也完全不适合工作，菜菜甚至会数着仅剩的几个口罩掉眼泪。

是的，她真的哭了。毕竟加上公司发的，家里的口罩也不够坚持一个月的，一想到这个就害怕得泪流不已。现在不论哪个店里都能买到口罩，所以听起来很好笑，但那个时候，菜菜为了寻找购买门路，每天晚上都在网上搜索，看到一百个一万多日元的口罩"还剩最后一盒"的时候，会匆忙点下购买按钮。傻乎乎地付了一大笔钱后，庆幸自己"能买到最后一盒真是太好了"！

一段时间后，得益于幼儿园接收体制的落实，菜菜终于能够重新工作了。但其实还是不能去公司，而是在原本预备用作儿童房的屋子里摆上了简单的桌椅，每天对着电脑远程办公。那个房间本来是准备给拓也远程办公的，但是因为后来能把孩子送到幼儿园了，所以拓也提出在客厅办公。

虽然菜菜通过网络和老友们重新实现了联系，但很快她就意识到公司陷入了巨大的混乱。

这么多员工远程办公，是公司创业以来头一遭。整个公司都在为如何构建新的管理系统而烦恼。明明是不得不在家办公，却顾虑安全而禁止把相关的工作文件带出公司。

尽管行政部门已经发布了紧急事态宣言，但仍然有员工以业务外的"私人原因"到公司取忘记的东西，然后顺便在那儿工作。公司甚至默许了这种行为，导致模棱两可的防疫模式持续了很长一段时间。而拓也经常这么干，虽然居家在客厅办公，但时不时地去公司上班。他还说因为电车和办公楼的街道人特别少，所以外出很舒适。

但是菜菜对于拓也的工作方式感到压力很大，不理解他为什么能毫无负担地轻松跑去外面。外面再空旷，也是要坐公共交通的，如果他不小心把病毒带回家怎么办？

新闻报道每天都在不断提醒着她病毒的可怕之处。菜菜连日常购物都万分小心，但拓也似乎事不关己，神经大条。这让菜菜对公司也很生气，因为公司在执行禁止出勤的规定时，太模棱两可了。

在这期间，菜菜一直在远程工作，但她刚复职不到三个月就接到了调动通知，让她转战客服中心。

菜菜觉得这个调动还算合理。刚回到管理部的时候，她通过线上会议和同事们久违地打了照面，主要协助事务类的工作。这些工作即便不分给她干，他们自己也能搞定，菜菜并没有找到属于自己的位置。

菜菜调动后的新工作是收集各种来自客户的意见。接听电话是派遣员工的工作，而菜菜的任务是在这基础上挑选出重要的客户意见，进行汇总后统一向公司汇报，以便公司进行综合管理工作。除此之外，作为正式员工，她也负责一些派遣员工无法处理的客户意见。

也许是因为整个社会的压力都比较大,也许是因为在家工作的人多了更方便打电话,和以往相比,客服中心的投诉电话多了很多。其中,有人不断挖苦讽刺,有人反复讲同样的话,有人突然大声怒吼,还有人利用投诉对接听员进行语言骚扰,各式各样,五花八门。即便提前告知了通话会被录音,但反常的来电依旧络绎不绝。派遣员工受不了的骚扰电话,每天都是菜菜在应对。

菜菜接听这些电话要一直忙到傍晚,然后匆匆忙忙赶去幼儿园接孩子,再小心提防感染的风险去超市买日常用品。回到家后又要照顾孩子和做家务。等孩子睡着后,她就立马回到电脑前,写好日报提交给公司。

日复一日地操劳,菜菜的身体,早已精疲力竭。

等地方上开始发来新型肺炎疫苗的接种通知,全世界的感染状况也逐渐好转了。每周去公司上班的日子从最初的两天增加到了三天,最终变成了现在的四天。这对菜菜来说是一种可喜可贺的变化,但也带来了一些疲劳。在家办公时,一旦接到沉重的抱怨电话,她就会心情低落,渴望生活能早日恢复平静。尽管她也会因为担心感染而不安,但是如果能短暂地离开家里,大脑和心灵便能得到片刻的切换。她甚至理解了,为什么疫情刚开始的时候一向谨慎的拓也还要时不时外出去上班。

然而,坐电车上班让人感到身体疲劳。明明以前不觉得这么累，或许是因为休产假和受疫情影响封锁在家太久，职场的适应性变弱了，连在办公楼林立的街区步行都让她深感疲惫。虽然生育使她的体质发生了变化，但更多是因为平时带孩子太操劳。不知不觉中，白发开始爬上发际，她会忍不住一根根拔掉。眼袋也更加明显，但由于长期不化妆，她连涂粉底去掩饰口罩无法遮住的那半张脸都嫌麻烦了。

尽管如此，还是要去适应这不断变化的世界。也许是疫苗接种起了作用，感染人数大幅降低。世界终于恢复了平静，外出不再受到限制。客服中心的派遣员工们结伴出去吃午饭，关系好的部门小组聚在一起吃便当。疫情引发的骚动正在渐渐平息。

就在这样一个周末，菜菜收到了彩子的短信。

彩子在菜菜休产假期间换了工作，所以这是她们时隔好久第一次联络。

虽然很高兴，但当彩子邀请她去新家玩时，菜菜还是有点惊讶，心想：欸？现在已经可以正常串门了吗。

尽管封锁解除了，度假胜地也在逐渐恢复活力，但新闻上还在持续报道感染人数的变化，这时候能到个人家里去玩吗？

菜菜心生担忧之际，一条新信息让她的疑虑烟消云散。

"我现在和你同期的小西住在一起了。"

"真的假的？"菜菜喃喃自语。

她立即告诉了身边的拓也，他也毫不知情，震惊地说："不会吧！欸？也就是说，那个时候来我们家的女生和小西交往了？"

"看起来是这样。"菜菜虽然感到高兴，但接下来拓也问起"从什么时候开始的？"时，语气中带着一丝冷笑和轻蔑，让她立马后悔跟拓也分享了这个消息。

"虽然不知道是从什么时候开始的……"

但此刻正在同居说明已经交往一段时间了。而且，俩人的相遇，毫无疑问，就是三年前自己邀请同期来家里的那个夜晚。

提到小西，菜菜印象里他是同期中最难以捉摸的。当大家聚在一起时，他不会大声讲话，也不会试图活跃气氛。他似乎对人多的场合都不太感兴趣。一开始，坂东和拓也会试着跟他玩恶作剧或者开他玩笑，但小西本人毫不在意，总是一副泰然自若的样子，大家很快就厌倦并停止了。看到这种情况，菜菜觉得他的确很沉稳。有聚会就参加，聊天群里会发些有意思的表情包，本质上应该并不排斥与人交流，但很难想象他会谈到女朋友。

"彩子不知道什么时候辞了职，在那以后就没联络过。"菜菜说道。

"难道，她是为了和小西结婚才辞职的吗？"拓也问道。

这也有可能，但具体情况完全没听说。菜菜突然心生好奇，很想见到彩子，或者说，想看看和小西在一起生活的彩子是怎样的。

"完全不晓得，太吃惊了。我有好多想问你的！想去你那儿玩！"菜菜回复彩子说。

接着，菜菜收到了一条毕恭毕敬的回复："接下来会怎样还不知道，所以在方向确定前，还请你先帮我跟你的同期们保密。"

哎，要保密啊。菜菜对这煞有介事的回复产生了小小的感动。

仔细想来，彩子说的"方向"应该是指结婚吧。也许彩子期待菜菜能在感情方面给出有效的建议。这么一想，菜菜因听到朋友恋情而雀跃不已的心情一下子就冷静下来。

彩子并不知道自己和拓也的婚姻状况，对于彩子给出的暗示，菜菜感到了一种责任。

"那个，我也去哦。"拓也突然探出头来，一副理所当然的表情。

"欸？"

"那我去问问小西。"拓也轻松地说道。

"等等！还是让我来跟彩子说吧。我可不想让她认为我是随便乱说的人。"菜菜慌忙说着，翻过了手机。即便是夫妇，也不喜欢被人偷看手机。

"也是啊。那就拜托了。"拓也一副去意满满的样子。

明明他很不情愿邀请别人来家里，却很喜欢上别人家串门，菜菜心想。

小西和彩子的新家离菜菜家很远。要坐两趟地铁，大约需要五十分钟。自从疫情发生后，菜菜和拓也一直尽可能避免带孩子出门，所以对他们来说这是第一次出这么远的门。

地铁的车厢内，不出所料小树开始闹腾了，甚至仰着身子，发出撕心裂肺的哭声。

会觉得"不出所料"的只有菜菜，拓也没有想到不开心的小树能折腾那么久。起初他们轮流哄着，但拓也的忍耐很快到了极限。小树一直在闹情绪，止不住地啼哭。

车厢内虽然相对宽敞，但没有空座。"我累了！我要坐下来！"小树大声喊叫。虽然有婴儿车，但他却不想待在那里，非要坐在电车的座位上。有个男士忍无可忍地站起来走向远处，菜菜在身后低头道歉，然后把小树的鞋子脱下来，让他坐在了电车的座位上。

但是，刚坐上去，小树又喊着"讨厌！"想要站起来。真是让人猜不透心思，但这就是孩子。菜菜理解小树好久没出过门了，有点儿紧张。而且这段路途太长，他的确累了，应该是想睡觉了。

但是拓也无法忍受孩子这些无理取闹的行为。一会儿说要坐下，一会儿说要站起来。看见小树站起来，拓也坐到了那个位子上，结果小树又吵着要坐下。反反复复后，拓也丢下一句"随你的便！"，离开了座位，走到了电车的门边。看到父亲的态度，小树又哭着想去追赶，穿着袜子就从座位上站了起来，菜菜慌忙给小树穿上鞋子。看到座位空了，原本给小树让出座位的那个人又坐了回去。

这样就没有座位可以坐了，于是菜菜只能让小树坐到婴儿车里。但是小树可不会这么听话。菜菜一抱他，他就挥舞着双手坚持不回婴儿车，哭着叫着浑身是汗，甚至两只小手都要碰到地面了。"地上脏，地上脏！"菜菜只好又把他抱起来。

拓也本来在一旁无视，看到菜菜实在是束手无策，中途代替她抱了一会儿。但是连几十秒都坚持不了就又交还给了菜菜。于是，菜菜几分钟，拓也几十秒，就这么交替照顾着孩子，到最后菜菜几乎是精疲力竭。

一旦有了孩子，出趟门就变得这么不容易吗？菜菜不知道。

不，菜菜是知道的，只是不敢想深。

小树在电车里哭的时候，菜菜强忍住内心的泪水，心惊胆战地哄着他。同时，她在心里默默地审视着自己一家。周遭的乘客，没有任何反应。小树明明哭得那么大声，但周围人都是一副没听到的样子。

原来如此——菜菜恍然。

还没生孩子之前，她也在公共场合见识过几次婴幼儿大哭的场景。每次菜菜都刻意不去看那个哭声的来源。因为她明白小孩子哭是没有办法的事，也知道孩子的父母很不容易。所以菜菜一直努力不做出任何反应。

不做反应——那个时候自认为这就是最大的体谅了。但是，不看哭声的来源，不就是说明心里觉得吵吗？因为心里的焦躁无法抑制，所以为了控制自己，尽量努力不用指责的眼神去寻找哭声。

现在，菜菜在用相反的立场审视那个时候自己的情绪。

乘客们毫无反应，一张张假面下，是"真吵啊！"的心声，此刻，她正真真切切地感受到了。

如果是真的喜欢孩子，那么不管那个孩子是别人家的还是自己家的，都会用宽容的心态去守护。等到自己带孩子了，才开始对偶尔一同乘坐的陌生人感到如此抱歉和难过，反过来正说明了自己也曾是这样对孩子不满的人。为什么偏偏要在这个时候带孩子来坐车——他们肯定会这么想吧？因为我也曾经这么想过。

甚至他们还会认为，就是我这样的家长，才让这个国家变成了难以养育孩子的地方。

但现在想这些也无济于事了。不管怎样，得先把当下这一关熬过去。

菜菜边想边一个劲儿地哄着小树。

在她身旁，拓也一直紧绷着脸。

菜菜明白拓也已经到达了忍耐的极限。拓也是一个无法自我调节情绪的人。不只如此,他还会因为自己的不悦去压抑别人,甚至想操控别人,就像撒娇的孩子一样。

拓也肯定心想,怎么会这样?他平时对于育儿只会浅尝辄止,这次带孩子长时间乘电车出行,他应该是第一次明白,要让自己的孩子安静下来,是一件多么艰难的事。

即便这会儿已经到了小西和彩子的公寓,拓也的不悦还是没有消减。

"这是什么破楼梯啊。"他嘟哝着抱怨道。

"他们以后也可能会有孩子的,应该选好点儿的地方住啊。没有电梯简直不能忍。这两口子到底在想什么?"

听着拓也喋喋不休的抱怨,菜菜再也无法忍耐,突然停下来说道:"那,我们回去?"

"什么?"拓也用一种你在说什么的表情看着她。

"我说你一个人回去也行啊。"菜菜满心冰凉。看到她冷漠的表情,拓也终于闭上了嘴。这时菜菜才稍稍往前走了一些,按响了小西家的门铃。

从好久不见的彩子身上,闻到了鲜花的芬芳,菜菜安下心来。

也许是她穿着淡粉色的开衫,让菜菜更觉如此。不施粉黛的彩子只涂了唇膏,显得非常可爱,靠近便能闻到让人愉悦的芳香。

"这一路挺远的吧。谢谢你能来我家。"彩子的声音也听起来格外地温柔甜美。

或许是因为彩子浑身散发着幸福的光环,在菜菜的眼里这里的一切似乎笼罩在粉色的薄雾中,显得可爱动人。虽然两人住的房间很小,四处堆满的杂物看起来有些凌乱,但这种生活气息十分讨人喜欢。窗边的架子上挂满了夹克和外套,下面堆放着木制的篮子和纸箱,不知道里面装着什么,电视柜周围也是这样。屋子中间放着一个小暖炉。乍一看空间小是因为有四个成年人,如果只是两个人的话,大小正合适。落座后,菜菜觉得温馨且舒适。

"啊,真好呀。"菜菜一边赞叹一边心想,拓也对于这种凌乱的感觉,应该是不太喜欢的。

为了通风,窗户略微开着,但因为有暖气,再加上暖炉和地板上的保温垫,并不会觉得冷。小树在婴儿车里睡得很熟,便把他连车带人放在了玄关处。由于没有走廊,玄关也很暖和,坐在暖炉边也能看到孩子,这令菜菜很安心。

保险起见,这是一个戴着口罩的茶话会。

彩子为大家冲了一壶温暖的焙茶①,每个小盘子里都放了菜菜夫妻带来的伴手礼费南雪②和彩子准备的抹茶羊羹。只有

---

① 日本焙茶是一种传统的日本绿茶,其特点是经过烘焙处理,呈现出独特的香味和风味。
② 一种法式点心。

在喝茶吃点心时才摘下口罩，交谈时则戴上。在空间狭小人数密度高的屋子里戴口罩有没有意义不得而知，但至少在形式上这么做了。

听彩子说，她目前只有上午在咖啡馆工作，下午是自由的。

"哇，在咖啡馆工作，真好！"菜菜说道。

"有很多要记的东西，挺辛苦的。同在咖啡馆里打工的大学生正在教我许多东西。"彩子语调轻松，看起来精力充沛。

"彩子，你看起来气质有点变了哦。"菜菜说道。

"是吗？"

彩子微微偏过头，看向小西，小西对她报以微笑。

之前虽然是派遣的事务员，但毕竟是全职，现在摇身一变成为咖啡馆店员，确实有些出乎意料，但若能通过和年轻人一起工作获得蓬勃的朝气，也挺令人羡慕的。也许是为了筹备与小西的婚礼，彩子才做出这番选择。但不知为何，这样的她在菜菜眼里格外耀眼。

小西和拓也开始品尝抹茶羊羹，彩子则先吃了一口费南雪，然后戴上口罩说："不愧是菜菜，居然能做出这么美味的点心！"菜菜已经习惯了平时对菜品毫无评价的拓也，而当亲手制作的食物得到彩子的夸赞时，心情特别愉悦。

"这个啊，其实做起来意外地简单。但是亲手做的过程中，会发现它的热量特别高，然后就有些望而却步了。"

"听着是有些可怕,但实在太好吃了,完全停不下来。小西,你也尝尝。"

小西吃了一口,马上点头赞叹"真好吃"。

"对吧,真的很好吃。"彩子开心地回道。

"你俩真够可以的。这股甜蜜劲儿真晃眼!"听到拓也的调侃,彩子十分害羞,小西露出了为难的表情。

"我从菜菜那里听到后吓了一跳。小西君,竟然背着我们偷偷交往呀,小西君。"

拓也故意轻喊着"小西君"逗趣,一边来回指着小西和彩子,露出心悦诚服的表情。

"因为你们说先不要和同期们讲,所以我还没和任何人说。但要是大家知道你俩对上眼了,肯定会很吃惊的。"

听到这番对话,菜菜再次心生佩服。拓也对坂东说话的口气很随意,但是对小西很有分寸。与其说是对他另眼相看,倒不如说是把小西当作另类人物而感到有趣,但当实习期间坂东为了些无聊的事情戏弄小西,让小西觉得不自在时,拓也会委婉地改变话题,让一切圆满地收场。拓也的这种特点,菜菜是很欣赏的,他非常擅长协调人际关系。比起两个人单独在一起,有其他人在场时菜菜能更客观地注意到这一点。

"那个,什么时候开始的啊,你们俩?"拓也问向彩子。

"大约一年以前吧。"

"欸?这么久了吗……"

"这个时候开始同居,是个挺大的挑战。"拓也佩服地说道。

"嗯,毕竟是这种时候。"小西从旁边插嘴。

彩子看着小西,露出一副"是啊"的表情点头表示赞同。

"动不动就居家隔离,也许反而是因为这个原因,同居的情侣变多了呢。毕竟没办法去外面约会啊。"拓也说完,彩子一瞬皱起了眉,似乎并不赞同。

咦?菜菜惊讶地凝视着彩子,但她马上扬起了微笑,刚才的表情转瞬即逝。

"在这之前真是太艰难了!"拓也语气轻松,仿佛那个艰难的时期刚刚过去了。

"说的是!"

彩子巧妙地掩饰了先前瞬间流露出的不悦,开朗地回应道。

"现在仍然有感染者出现呢。"菜菜忍不住插一句嘴。尽管疫情已经相对平息,但新闻中仍在持续地报道感染者数量的变化。

拓也却避重就轻地说道:"要不就干脆这样结婚吧。不打算结婚吗?"他冷不防地对小西和彩子提问。俩人相视一笑,有些害羞,又有些迷茫,互相嘀咕的俩人看上去非常可爱。

"哎呀,现在匆忙办婚礼也不太容易呢。"菜菜帮了他们一把。

"应该没问题了吧，毕竟已经过去了。要是你俩办婚礼，我会去的哦。"拓也坚持着鼓动俩人，这让菜菜有些纳闷。

"菜菜有点儿过于担心了，特别是居家隔离期间，她整个人都不太正常。那个时候我去公司简直就是为了逃避她。"

听到拓也的话，菜菜张口结舌。

"那时候每天晚上回到家，菜菜都会一脸严肃地催促我赶紧消毒。真是够吓人的。不过，那也是因为她担心我吧。"拓也以秀恩爱的方式结束了话题，彩子和小西也松了口气地笑了笑。

然而，菜菜却笑不出来，什么都没说。气氛变得有些尴尬，但菜菜还是保持沉默。

"啊，对了。"彩子说道，"今天邀请你们来，其实是想向你们道谢的。"

"道谢？"拓也问道，小西点了点头说："虽然这么一本正经的显得有点生分，但确实是多亏了你俩，我才能遇到小彩，这点是肯定的。"

"嗯，是的。"

"我们虽然很顺利地开始了交往，还住在了一起，但毕竟是经过你们介绍才认识的，所以商量着，觉得这件事还是要告诉你们一下。"小西说着。

"嗯。"看着俩人面带微笑你一言我一语，菜菜有些感动。

"感谢你们让我遇到小彩，感激不尽！"小西干脆地说道。

二人笑意盈盈，情投意合。对于未来要走的路，他们彼此信任，这种健全的情感真让人炫目。

菜菜不得不直面一个事实，她和拓也已经不再如此，再也无法回到过去了。

她想起自己刚才听到丈夫的话时，已无法再保持欢颜。

——那个时候我去公司简直就是为了逃避她。

如果夫妻关系和谐，那这不过是些无伤大雅的小玩笑。丈夫开个玩笑，妻子笑着回嘴"过分"，也就翻篇了。

但菜菜笑不出来，一点儿都笑不出来。

别说笑了，她立马感到不开心，甚至有些烦躁。即使拓也自以为是地圆满收场，她仍旧感到不开心。这种情绪……是意味着一切都结束了吗？菜菜默默地审视着自己的内心。

"哎呀，你俩可真得好好感谢我们。那时候我们可太不容易了！"拓也在旁边说道。

"我们？"这个词让菜菜有些不舒服。

"那个时候菜菜还怀着孕，所以我挺担心的。但没想到会有人借此机会邂逅另一半。这么看来，我们破除万难操办了那个聚会还是很值得的。"

"真的非常感谢。"彩子也微笑着道谢。

"彩子小姐，选择小西君，你可是押到宝了哦。我们同期中他是最认真的,且一直都没有女朋友。工作能干,颜值也高,这么好的人,绝对让你放心。"拓也这么一说,小西有些不好意思地嚷嚷着"你打住吧"。

菜菜真想早点回家。也许该起身告辞了,她假装担心地看向门口。可能是在电车上闹了一路的缘故,小树到现在还没醒。这睡得太多了,估计今晚会精神到很晚。

菜菜喝了口焙茶。彩子准备的抹茶羊羹非常好吃,和焙茶的苦味很搭。这间位于三楼的公寓虽然没有收拾得井井有条,但在午后阳光的照射下,显得非常温馨。真是一个幸福的小家,菜菜心想。

"菜菜?"被彩子叫了一声,菜菜愣了一下,可能刚才表情看起来有些木讷。

"菜菜有点儿累了,刚刚小树闹得太厉害了。"拓也抬起下巴指了指门口的婴儿车。

正巧这时,婴儿车里睡得很沉的小树发出了呻吟。

"瞧,说什么来什么,小暴君大概醒了。"拓也说道。

菜菜松了口气,起身去查看小树的情况。

*

相比去程,回来的路上轻松许多。肚子饿了的小树使劲儿嚼了几片提前准备好的幼儿煎饼，又狂饮了一纸盒果汁。

当然，这些"应急食物"都是菜菜准备的。看着她从背包里神奇般地拿出点心和果汁，拓也习以为常。

吃饱了之后，小树在车上安静地看着手机视频。而这些视频也是菜菜提前下载好放在播放列表里的，即使没有声音也能吸引小孩，小树此刻正安静地看着。

从刚才开始，拓也就表现得很开心。能和菜菜成功撮合小西和彩子在一起，他似乎非常自豪。被告知要对其他同期保密，也让他觉得自己很受信任，非常高兴。"他们俩看起来真般配""人与人的相遇就源自这种偶然"，拓也一路上一直在感慨万分地说着类似的话。他的语气温柔友善，如果单独听这部分言辞，拓也倒像是个体贴朋友的沉稳之人。

与心情愉悦的拓也相比，菜菜的心情却一直很沉重。拓也注意到了菜菜的情绪，问道："怎么了？看起来没什么精神。"

"没事。"

"怎么会没事。你明显不开心呀。"

不开心？被他这么一说，菜菜不禁盯了一眼丈夫的脸。

"怎么了，真让人难受。"

果然如菜菜所料，别人一不高兴，他就心生怪罪。

"怎么？我连不高兴的资格都没有了？"

"啊？你这说的什么？"拓也说道。

"算了。我稍微休息一下。"

菜菜闭上了眼睛。旁边的拓也继续不满地唠叨,见菜菜没有理他,便打开手机,玩起了游戏。

她的心情沉重压抑,或许是刚才看到了小西和彩子之间的相处状态,在见到了互相信任、相敬如宾的那俩人后,菜菜实在难以克制自己的焦躁。

她根本睡不着。在摇晃的电车里,菜菜的耳边回响着拓也曾说过的话……

比如第一次带孩子去家庭餐厅吃饭——那是小树刚满一岁的周末。

光是想起来,都忍不住要哭。

那天,是拓也提议出去吃午餐的,菜菜开心地答应了。新开的家庭餐厅就在公寓附近,店面看起来明亮干净。菜菜提前了解了这家店有婴儿车停放处和哺乳室,方便带孩子。当时夫妻俩还一致认为这是小树首次外出就餐的最佳场所。

但是那天,餐厅门口异常拥挤。他们在登记单上填好了名字,在等候区等待。

那时候,菜菜就觉得应该早点放弃,要么去找别的店,要么回家简单做点什么。但是,心想着来都来了,再加上前面只有几组客人,决定还是等一下。

然而,等了好久也没轮到他们。中途拓也进店去了一趟洗手间,回来后说:"这家店可真够呛。"

据拓也说，餐厅里虽然空座位很多，但已经吃完的餐具还摆在原处。几乎看不到店员，明显人手不够。可能是因为刚开张，排班出了问题，或者是临时工突然请假了……菜菜还在琢磨着，拓也突然站了起来。

"我们走吧。"拓也说。

菜菜有些困惑。因为这家餐厅还有哺乳室，正想着等不及还可以在那里喂奶。

"肯定没戏，真的。明显是人手不够。"拓也的语气十分肯定，似乎想让周围人也听到。菜菜心想，那就先出去吧。

"我们早点出来是对的。一直那样等下去天都要黑了。"

因为不想拓也更加烦躁，菜菜用一种讨好的语气说道。

其实菜菜的真实想法是，小树刚好在摇篮车里睡着了，自己和拓也在等候区也有位子坐，再稍微等一会也可以。

"怎么办？去麦当劳买点吃的？或者买一点食材在家里做三明治？"

回去的路上，菜菜尽量语气温和地问拓也。

"都是因为你出门前花了那么多时间。"

拓也暴躁地说。

"欸？"

不会吧。果然。——两种情绪在菜菜心里交错。

竟然会怪到我身上来。

说到底还是要怪我喽？

"要是我催你时能马上出门,兴许现在就在店里吃上饭了。尽在小事上磨磨蹭蹭,这种态度今后不要有了!"

拓也的言谈中带着责备的口吻。

但是菜菜也有自己的理由。

"小树的尿片,以防万一的牛奶……这些都是需要准备的啊。"

"不是,那些顶多只要一两分钟吧。我刚才可是看着的,你准备自己的事就花了五分钟以上。还找了手机,上了厕所。虽然每次都是这样,我也早料到了。但是等你的时候就觉得这次悬了,周末哪儿哪儿人都多。"

手机马上就找到了,上厕所也没怎么花时间。菜菜想解释,但是因为不想继续争执,还是沉默了。

"要说带小树出门,你把要用的东西整理好一份备着,每次出门前直接拿上不就可以了吗?这种心思还是要花的吧?嗐,光对你说也没用,我也得考虑。准备小树的东西,我身为父亲也得帮忙,你会这样讲是吧。"

拓也说着说着小声笑道。

菜菜已经有了经验。只要自己沉默,拓也就会冷静下来恢复平时的情绪。

已经习惯了这样的模式。

此外,不管自己说什么,都会被拓也巧妙地回击。这一点,菜菜也有了经验。

但是吞下想说的话，挨过丈夫的坏情绪，菜菜的心里，渐渐积累了一些东西。而她也注意到，这些东西，正从内向外地腐蚀着自己的心灵。

回忆着，又想起另一件事。

那是她还在休育儿假，疫情蔓延之前的事。

菜菜没收到寄给拓也的快递。

到底是什么快递菜菜记不清了，应该是拓也在网上购买的办公用品，既不急需，也不是不能保存的东西。

看到拓也下班回家手上拿着申请重新配送的通知单，菜菜脸色变了。

第一次配送时，菜菜出门购买生活用品没在家，物流公司便安排快递员晚上再送一次。但是晚上菜菜没听到门铃响。因为小树哇哇大哭，菜菜用育儿带把小树背在背上清洗浴缸放热水，应该就是那个时候门铃响了。买的这间旧公寓没有快递存放箱，但办事稍微灵活点的快递员会打电话来叫。给我打电话不就好了吗？菜菜想着。

"我让他们明天再送过来吧。"菜菜对拓也说。

突然，拓也把通知单在内的几个信封朝菜菜一股脑儿扔了过来。其中的一个信封，划过菜菜的耳垂，似乎有什么火星跳进了菜菜的眼睛。一瞬间，菜菜不知道发生了什么，陷入了混乱。拓也也被自己的行为吓了一跳。放到现在……应该可以说是暴力了吧——迟了一拍，菜菜意识到。但是，拓也没有道歉。也许是因为如果道歉，就等于承认了自己动粗。拓也一阵狼狈，但马上就掩饰着发怒道："你太没有常识了！不道德！"

"我一直在想——"他用比平时快的语速迅速说道，"快递员是多么不容易，让他们再跑一趟是多大的负担。"

见菜菜沉默不语，拓也又说道："就是因为这种傲慢的消费者心态才干不好工作，哪怕你回归职场也会是公司的累赘。"

诸如此类，喋喋不休。

现在想来，他是在用这种方式让她无暇思考。

通过责备菜菜，来回避他拿通知单砸人的行为。

通过这种刻意的高压态度，来转移焦点。

一边转移焦点，一边显示自己高人一等。

面对丈夫的表现，菜菜不知如何是好。

暂且弯腰捡地上的通知单。那个时候，小树是怎样的呢。他还没有学会走路，也许正睡着。菜菜关于小树的记忆完全缺失了，那样的场景，但愿儿子没有看到。

"疼。"

捡起通知单后，菜菜说道。

虽然知道说了也无济于事，但还是说了出来。

拓也回道："没扔到你吧。"

啊？

菜菜目瞪口呆。

那个信封直直地砸到菜菜的耳垂上才不过几分钟，明明他这双眼睛看到了。

"没砸到你吧。"丈夫竟然睁着眼说瞎话。"真是的,你也太自私了。让别人特意跑两趟。快递员又不是在搞慈善。"

拓也又把话绕了回去,喋喋不休地说着他的大道理。

转移话题之迅速,音量之大,让菜菜觉得拓也是故意要把她的注意力从疼痛中转移开。

自己的确是给快递员添麻烦了。

但是就因为没拿到快递,这个错误严重到要被说成是"公司的累赘"吗?

真的只是不凑巧。

我是不是就应该全天守在客厅紧盯着,留意门铃的声音呢?

肚子痛了去厕所也是不可原谅的吗?

像往常一样,菜菜低头咬着嘴唇,想象着另一个"完美的自己"。

"那你来收这个快递吧。"说着就把拓也刚才扔过来的通知单砸到桌子上。

"就算是上班,如果是一个人生活,也得看着时间自己收快递吧?我要像你说的那样无能,是公司的累赘,连这点儿事都做不好的话,那你来接这个快递不就好了吗?"菜菜在内心条理清晰地预演话术。

但是,菜菜总是无法说出口。并不是因为拓也可怕,而是因为无用和徒劳。说白了就是麻烦。摸在耳垂上的手指沾着一点儿血，耳垂被纸片割伤了，菜菜用纸巾擦拭了血迹，没有给拓也看。但拓也应该注意到了，他转过了头。

那天，他们再也没谈论此事。寡言少语地吃完晚餐后，拓也似乎也意识到了自己的过分，开始对她轻声细语。菜菜一直沉默，最后拓也轻描淡写地道了个歉，突然为菜菜泡起茶。到了这个地步，菜菜觉得要不就算了吧。

然后……还有一件事。那段记忆令人懊恼，菜菜至今还觉得难以置信。不，这并没有过去多久，大约一个月前，菜菜清楚地记得。当时拓也正和大学朋友在视频酒会，小树走进了镜头画面里。那时候，菜菜正在洗澡，她本来以为小树在换衣室附近，但他可能是听到爸爸从书房传来的笑声而被吸引了过去。

拓也注意到后把小树抱出了房间，但小树又折返回去。拓也再次把小树带出去，并用架子抵住了门。随后小树就开始哭着敲门。菜菜快速洗完后，把湿头发一裹，马上把他带到了客厅安抚，这期间顶多持续了几十秒而已。

然而，拓也结束视频酒会后走进客厅，对菜菜大发雷霆："你到底在干吗！我不是叫你看着这个家伙吗！"

菜菜刚把小树哄睡，正在叠衣服，对于拓也的剑拔弩张完全摸不着头脑。

"说实话，大家都在想我老婆到底在干什么。而且就这么放着孩子不管,你不觉得危险吗?"

啊啊,原来是这个套路——又是"大家会这么想"。

菜菜对此感到不耐烦,甚至想干脆道个歉算了,但是凭什么他和朋友在视频酒会,就得强制她的视线一刻都不能离开孩子?一想到这个,菜菜什么都不想说了。真是无聊至极!虽然没说出口,但她的表情已经吐露了心中的想法。

"喂,你有没有在听我说话!"

听到拓也的发难,菜菜立马"嘘"了一声制止他。刚才好不容易才把小树哄睡,她希望俩人讲话轻声些,以免吵醒孩子。

"嘘什么嘘?"只听到一声怒吼,接着是肩膀传来的疼痛。

菜菜十分错愕。拓也用右手戳了她的肩膀。和上次偶然被他扔过来的东西击中耳朵不同,这次她明明白白地遭遇了暴力。

看到菜菜的表情,似乎一瞬间拓也也有些不知所措,但他仍试图正当化自己的行为。责备菜菜的失误,诉说自己受到了怎样的伤害,诸如此类,喋喋不休。意图要菜菜道歉,然后假装没发生过家暴。

菜菜闭口不言,但其实一直在思考。如今这个时代,开视频会议时孩子和宠物露个脸都稀松平常,不要说这只是个对着镜头喝酒闲聊的聚会。暂时静音,或者关掉摄像头,这些应该都做得到。更何况,参与视频酒会的那些朋友,真的会指责他老婆吗?

但是对于菜菜来说,要跟拓也说出这些话太难了。她想摆事实讲道理,却总是会情绪慌乱,难忍落泪。菜菜知道自己不可能在语言上战胜他。也许拓也意识到戳菜菜肩膀不对,便若无其事地试图讨好菜菜。第二天,第三天,一直巧妙地对菜菜温言细语。

但是,不出所料,这并没有持续很长时间。只要他一不高兴,就会说出伤人的话。而且用的永远都是那个老套路:"就是因为……才干不好工作。"同样的话已经想不起来他说了多少遍了。缘由是什么也忘了,反正什么都能成为他说教的缘由。

终于在两周后,菜菜第一次对拓也坦言:"听说只要遭受过一次暴力,就能够离婚。"

当说出"离婚"这个词的时候,菜菜格外紧张。即便只是告诉拓也这种可能性的存在,也意味着俩人的关系产生了决定性的变化。

本以为拓也会嗤之以鼻,但他却问了一句:"是因为那时候的事吗?"

原来他还记得,菜菜心想。

看到她的沉默,拓也意外温顺地说:"那个时候的确是我不好。很对不起你。"

那一刻,菜菜松了口气,甚至可以说是有点儿高兴,以为他终于明白过来了。

但拓也接着说："但是啊，离婚就有点儿夸张了。像这样拿离婚来要挟，夫妻间还谈何信任。要是小树知道自己的父母竟然在聊这个，肯定会很难过的。"

难以置信，没想到他竟会把小树牵扯到这场纷争中。

"但，但是，我可听说了，比起总是互相言语伤害的父母，在没有这些糟心事的单亲家庭里，孩子反而会成长得更好。"

拓也顿时表情僵硬。

"什么？这话谁跟你说的？"

"有些网站是可以咨询律师的。"菜菜答道。

的确是有可以咨询的网站，但实际上菜菜还没联系过，只是阅读了一些案例。但是，听到咨询律师的话，拓也的脸色骤变。

"欸？你是认真的？不会吧？付钱了？就为了这点儿事？"拓也微微轻笑，但菜菜表情严肃。

虽然菜菜总是疲于应付，但那一天更胜以往。她已经没有讨好拓也的力气了。

卧室传来了哭声。

"我去哄小树睡觉，你别过来。"

菜菜说完就去了小树身边。打算在哄睡他的同时，自己也睡一觉。她和拓也是分房睡的。因为受不了小树夜晚啼哭，拓也选择睡在有电脑桌的小房间。

菜菜轻轻地拍着小树的背，等待着他入睡，但小树迟迟没有入眠。

按道理，想说的话她今天也说了，心里应该很痛快才对，但是菜菜只感到了心灵的干涸与疲惫。虽然很累，但她却怎么也睡不着，眼泪止不住地从脸颊滑落。

但是在那之后的第二天，菜菜心中的郁结一扫而空，觉得自己坚强了一些。也许是因为第一次说出了内心话，离婚这个选择在她眼前变得清晰起来。

与此相对，拓也第一次觉察到，长此以往，大事不妙。上个礼拜跟她说："咱们好好谈谈吧。"

"的确有几次是我感情用事，真的很对不起。"拓也第一次跟她认真地道了歉。菜菜觉得，虽然拓也深刻认识到了"离婚"这件事的影响，但更多地是因为得知她咨询过律师而受到了打击。

证据之一是，谈话的中途，他半开玩笑地问她有没有在录音。或许拓也不想被抓住话柄，抑或许他真的认为她在小题大做。对于"暴力"，拓也至今仍在狡辩，认为只是他伸出来的手不小心碰到她罢了。他绝对不想承认自己是家暴男吧，菜菜竟庆幸他还能以家暴为耻。

后来，离婚的话题暂且被搁置一边。再后来，去小西和彩子家做客的事情提上了日程，那件事就不了了之了。

但今天的外出，似乎是给菜菜提了个醒。

自从提出了"离婚"二字，菜菜知道拓也一直在努力控制脾气。但他这个人一旦生气，就会全显露在语言和表情中。他的情绪爆点太低，也学不会自我调节。简而言之就是太孩子气。一旦发生什么事情，只会大发雷霆，说出难听的话。

菜菜十分清楚这一点，不免总是有些紧张。虽然紧张，但其实她已经不抱希望了，甚至有点放任不管。看到彩子在小西面前轻松自在的表情，菜菜意识到自己已经对拓也彻底死了心，同时也感觉到自己在羡慕彩子。那两人在一起的神情，共同生活的房间，家电，杂货，所有的一切都让她艳羡不已。

菜菜想起，原本自己喜欢的就是一个能被钟爱之物环绕着的家。看到了那个不拘泥于装潢和收纳，只是把各色小物件满满摆放在一起的舒适空间，菜菜意识到自己为了迁就丈夫的喜好，把自己搞得有多拘束。

如果和拓也继续在一起，我会失去真实的自己——坐在电车上假装睡着的菜菜心想。

然后，她意识到，那个"真实的自己"，已经遥远得想不起来了。

冈崎彩子

每天早上开店总是三个人一起张罗。店长，主妇，还有彩子。

主妇和彩子布置露台座位，店长则一边运转着咖啡机一边打扫。虽说是打扫，但因为前一天晚上负责关店的员工已打扫过，所以其实没什么繁重的工作。另一方面，露台座位的布置则需要一些体力，一起做事的家庭主妇今天也暗自嘀咕："店长肯定不会帮忙布置露台座位的。"

"是啊。"彩子应和道。不过搬运桌椅在她眼里就当是晨起锻炼了，并不那么讨厌。规律健康的生活对现在的她来说，非常重要。

在找兼职时，小西一直说，之前做事务员的工作不就挺好的嘛。但是因为疫情大家纷纷居家隔离，已经很难找到类似的工作了。最终，根据兼职相关的口碑，她决定在这家员工评价不错的咖啡馆工作。这是一家知名咖啡连锁店，培训的时候有正规的工作手册，其他兼职的同事看起来也很友好，彩子很喜欢这份工作。

今天她会从开店一直工作到中午十二点整。

"我先下班了。"

为了不打扰其他正忙碌着工作的同事,她小声地打了招呼,然后去办公室脱下了围裙。这家店没有固定的制服,只要穿上黑色或白色的衬衫,以及颜色朴素的裤子,系上带有店名的围裙就行,但是牛仔类的衣服和短裙是不可以的。鞋子则没有硬性要求,所以彩子脚上是平日里穿惯了的鞋子。这种合理的松弛感,她也很喜欢。

离开咖啡馆,彩子骑上了停在员工停车处的自行车。

考虑到车站前的食品店稍微贵一些,彩子骑车前往离车站远一些的业务超市①。到了那儿便提着购物篮在店里转悠。鸡胸肉非常便宜。虽然量有点多,但是冷冻后分次食用会更划算。她还看到了难得整颗卖的白萝卜,下意识就拿了起来。虽然一打打卖的冷冻蔬菜汁让她很心动,但由于不确定同居的小西是否喜欢这种口味,她还是放弃了。取而代之,她买了一大包冷冻西兰花。

和小西一起生活后,彩子生活中最大的变化就是食物。

虽然之前彩子独自生活了很长时间,但几乎不做饭。在之前的公司时,听说菜菜即使工作很累也会坚持下厨,半是佩服半是吃惊。

---

① 业务超市,日文"業務スーパー",专门销售以大包装半成品食材和调味料为主的超市,分量大但性价比高,主要顾客为餐饮店,一般消费者也可以购买。

她也想吃好吃的，但在外面吃太贵，工作日拖着疲惫的身子到家后又没有做饭的动力。哪怕不累，她也嫌弃做饭本身太麻烦。

那么她之前都吃些什么呢？一般她会在超市买打折的廉价便当或小菜，嫌麻烦的时候，就在吐司上放点火腿快速吃两口填饱肚子。不要说是做饭，甚至连吃饭她都觉得麻烦。

但是，和小西一起生活后，彩子很不好意思让他知道自己吃得这么随意。

于是彩子假装以前是自己做饭，而在假装的过程中，做着做着竟习惯了。其实，倒也没有她想得那么难。主要是当下这个时代，有很多应用可以查看烹饪过程的视频。

彩子喜欢的是一款叫"咕嘟咕嘟"的烹饪视频应用。要说用法，彩子会站在业务超市的一角打开应用，输入鸡胸肉、白萝卜等便宜的食材后进行检索，会出现一连串与鸡胸肉和白萝卜相关的菜谱，并按照烹饪时间排序。接下来就是挑选简单的食谱。

彩子决定今天晚餐就做"超简单的鸡胸肉、白萝卜和西兰花的营养炖菜"。白萝卜不去皮，切成小块，直接放入微波炉加热。只是这点儿工序的话，她也能完成。

"咕嘟咕嘟"是小西公司推出的视频应用。因此，使用的所有调料都是小西公司的产品，非常方便。彩子离职前，承蒙同事厚爱，得到了很多样品作为礼物，到现在还剩着一些。只要按照视频中的步骤操作，味道就不会出错。毕竟，与其他公司的产品相比，用男朋友公司的产品自是理所当然，而且用了这个产品，小西也会很高兴。

不知不觉，在这段同居生活中，彩子充当了做饭的角色。

在咖啡馆做兼职后，收入因月份而异，但平均在十万日元左右。虽然比以前少了一半，不过由于和小西一起生活，房租和燃气水电这些固定费用就不需要额外支付了。一开始她提出来要支付一半房租，但小西断然拒绝了。"跟打零工的你拿钱，我可做不到。"虽然心里过意不去，但她知道这是小西的善意和关心，所以决定至少要给他做饭吃。

当彩子提出晚饭由她来做时，小西很高兴，一个劲儿夸赞好吃，大口干饭。

彩子像往常一样把购物袋装在自行车的前筐里，骑车回到了家。横屏打开视频应用，点进"三十代单身的 Mai 香水晴空"主页，彩子一边看视频一边做三明治吃。

"三十代单身的 Mai 香水晴空"是彩子很喜欢的一个博主。只要更新，她就会第一时间去看，如果没有更新会先播放往期的"晨间日常"。Mai 的晨间日常以安静爵士乐为背景，无论看几遍都不觉得腻。看到与自己同龄的 Mai 十分充实地度过清晨时光，努力提升自我，彩子觉得自己的心灵也得到了调整。视频里出现的化妆品、小摆件还有马克杯，每一件都非常漂亮。偶尔出现的房间内景也让彩子心生向往，Mai 竟然会把墙壁涂成淡绿色，洋溢着欧洲风情，让人赞叹不已。Mai 先化妆，再做头发，然后喷一下香水，最后开门出去，步履轻盈地走向早晨的咖啡馆。看到这一幕，彩子的心头犹如拂过一阵清新的风。

和视频里的 Mai 同步，彩子也取出了装有香水的小瓶。稍微离开一些距离轻轻一喷，让颈间充满淡淡的香气。

对彩子来说，喷一点香水是迎接下午的重要仪式。

彩子只见过一次 Mai。那是三年前，当她去拜访菜菜家时，经人介绍才结识的。那天，Mai——板仓麻衣，给在场的女孩们都赠送了她亲手制作的原创香水。

她曾经认为香水就是些刺鼻的人工香料，但麻衣调制的香水却如此精致美好。在她调制的香水里，彩子能感受到如从花瓣中精心萃取出的澄澈甜美，不禁赞叹世间竟然还有如此自然的香气。

然而，彩子却是花了很长一段时间才开始日常使用香水。在那之前，那个香水瓶被收纳在独居公寓的抽屉深处——一个什么东西都会往里塞的地方。

每天下午使用香水，是她开始在咖啡馆里做兼职以后的变化。

在接受面试的时候，店长说道："工作的时候请不要涂指甲和喷香水。"

这两样东西彩子都没有用，店长也只是保险起见说了句套话而已。但听到这个规矩时，彩子想起了麻衣送给她的香水。

彩子对香水的使用期限一无所知，下班后试着喷了一下，香味并没有变淡。

她将香水轻喷在手腕上时，富有层次的甘甜在鼻腔内扩散。

在咖啡馆被要求"无香"，和找到 Mai 的视频，几乎是同一时期发生的事。彩子突然生起了喷香水的兴致。独处的时候会给自己喷一点，享受被美好香气萦绕的乐趣。

对于彩子来说，知道香水制作者 Mai 的本名，是一件有点儿开心的事。

Mai 现在是有三万多粉丝的视频博主。她的视频主题是"带着香气生活"，翻看评论区会发现向往她生活的人不在少数。

在首页推送的视频中偶然看到的 Mai，竟然是菜菜的同期板仓麻衣，曾让彩子暗自兴奋不已。见面那天，麻衣提到过她在经营自媒体，但彩子没有想到她会定期上传这么多美好的视频。

之前菜菜夫妇来家里玩的时候，彩子提到了这个话题，但不知为何没有引起大家的兴趣。可能是，对于同期入职的那些人来说，麻衣作为 Mai 活跃于自媒体的事情大家都知道，不需要大惊小怪。女同事们也许是因为照顾孩子忙得不可开交，因此对同期中的网络红人不太在意。但对于彩子来说，Mai 是可以和艺人相提并论的大名人。能把屏幕另一端的 Mai 制作的香水轻轻地喷在自己身上，实在是太幸福了。

今天也是，彩子喷着 Mai 的香水坐下来，摆弄手机，打开之前注册过的集中速成课应用程序。

为了考取注册会计师资格①，她要上两堂网课。

上完一堂课休息三十分钟，彩子利用这段时间准备晚餐。

无论工作、学习还是做家务，所有的时间都由自己决定和管理。没有偷懒，始终好好地努力。也就是说，用这个香水并不为取悦旁人，而是让自己振奋的一个调剂品。下午时段，在香气的包裹中，为了将来的自己好好努力。

为了将来的自己……之前彩子从来没有这么想过。那时候为了金钱、为了体面、为了不被舍弃或轻贱，一直都是被动防守的心态。

把精细到以分为单位的计划表放在桌子上，彩子按下了网课的播放按钮。

曾经的彩子，以为自己再不可能有这样奢侈的机会——为考取注册会计师资格而学习。

---

① 日本注册会计师资格考试要分三次进行：第一次考试为一般学历考试，要考语文、数学和论文三个科目；第二次考试为专门学识考试，要考会计学、审计学、成本会计学、财务报表理论、企业经营管理学、经济学和商法七个科目；第三次考试为专门应用能力考试，要考有关财务的审计和分析与其他实务（包括有关税务问题的实务），并交分析专门问题的论文。本科毕业或有同等学历者，经批准后可以免除第一次考试。

是的，学习是一种"奢侈"。到了这个年纪，彩子才认识到这一点。这个年纪是指彩子三十一岁到三十三岁的时候。在这之前，彩子从没有如此窘迫过的。但在三十一岁到三十三岁期间，彩子体悟了这番窘迫。当她开始害怕自己能否继续生存下去的时候，才意识到自己一直在浪费学习的机会。

不管是上学，还是在会计师事务所工作的时候，她都有学习的机会。她不止一次地向函授教育的持证学校申请资料，也购买过参考书和习题集，却总是半途而废。她停止学习的借口真是五花八门。忙碌、疲惫、还有其他事情要做。这些借口使彩子免受焦虑和不安的困扰，同时也剥夺了她本可以坚持的决心。

在过去的十几年里，彩子到底在做什么呢？

她并不是不认真。高中的成绩还不错，她甚至通过老师的推荐考入了一所有名的短期大学。入学后，与那些游手好闲或拼命打工的同学不同，她认真学习，稳妥地取得了学分。甚至导师还很信任地给她介绍了工作。

然而，她的学习只是一种被动接受，与其说是"学习"倒不如说是"熟能生巧"。

她毕业后入职的会计师事务所，会以达到规定的工作年限为条件，提供考证辅导。实际上，许多前辈都利用这一制度上夜间补习班，通过了证书所需的科目考试。然而，回想起来，利用制度的前辈都是男性。即使是高中或专门学校毕业的男性，也能够兼顾工作和学习，稳步地完成会计师考试科目。但身为女性的她却不得不停下了脚步。因为那时她被事务所所长盯上，受到了性骚扰。

回想起那时，她无数次想过自己为什么没有更加……但仔细想想，自己当时的确没有这种能力——能巧妙地躲过事务所所长明目张胆的约会邀请，同时兼顾学习和工作。彩子不会责备过去的自己天真和软弱，相反，她为自己曾拼命逃跑而感到自豪。

但是，一旦回忆起这些，彩子的呼吸就会变得急促，内心万分懊恼。因为当时自己为了逃避事务所所长的性骚扰而拼命，却没有意识到这种状况是多么不合情理。

她遭受了一场颠覆人生的巨大损失。

如果能给当时的自己提建议，彩子肯定会把遭受到的性骚扰发言——记录下来，当然也可以到法律咨询窗口寻求帮助，但首先该做的是跟推荐她去这家事务所的导师商量，毕竟那个事务所所长是导师的同学。这么想来，导师把二十岁的女学生推荐到这样的事务所也有一定的责任。如果当时能那样做，就不会勉强自己忍耐到极限了。在一发现不对劲的瞬间，就应该考虑换工作，要么让人介绍，要么自己去找。

但是，当时的彩子没能想到这些。

看到其他男同事顺利考取证书，彩子误认为中途放弃学习的自己有一定的责任。二十岁时的无知导致了巨大落差，影响至今，彩子的内心深受触动。

一年前，工作环境舒适的食品公司终止了与彩子的派遣合同。是的，合同没能续签。

对于彩子的人生来说，实在是出乎意料。

辞掉大学毕业后在那家会计师事务所的第一份工作后，彩子不是没有考虑过应聘正式员工。但最终选择了能把时间分散支配，不需要花太多心思在人际关系上的派遣工作。在遭受异性上司执着的性骚扰、与女性前辈难以沟通后，彩子已不想重蹈覆辙。

即便成了派遣员工，但依然持续遭受着性骚扰，依然重复着为了避免受害而不断转换职场的老路。即将三十岁的时候，派遣公司的人事向她推荐了一家食品公司。比起公司的招牌，旗下的产品更有知名度。虽然薪资相对一般，但据人事说，这家公司通常会续签派遣合同。得益于其爱护员工的公司传统，在他家工作的派遣员工有的已经多次续签合同超过二十年。彩子当时还收到了上一家公司续签派遣合同的请求，但是考虑到更稳定的将来，她选择了这家食品公司作为新的签约雇主。

正式上班以后，的确如公开信息所知的那样，这是一家温和稳定的公司。对于工作内容她没有什么不满。虽然心里也担心过能否一直在那儿工作下去，但是从其他部门的派遣员工口中得知，只要没有什么特殊情况，一般是能一直干下去的，所以彩子没有太多顾虑。

但最大的问题是，对于这个"特殊情况"，当时只考虑了自己，满心以为只要自己不犯那种会被炒鱿鱼的致命错误，或者自己找到更好的工作另投他处，这份工作就会非常安稳。

但是，这个特殊情况——疫情的蔓延，虽没有针对自己，却影响了整个社会。眼睁睁地看着病毒席卷了全世界，媒体连篇报道，大街小巷人心惶惶。春日的某一天，政府发布了第一次紧急事态宣言。

虽然不是容易受经济行情影响的行业，但食品公司在卫生管理方面还是受到了非常严格的审视。那段时间，新闻每天都发布感染人数，搜索感染源成了日常。一旦发生群体感染，公司名也会被报道出来，所以公司内部整体如履薄冰，非常紧张。

菜菜所属的管理部门是公司内率先落实防疫措施的。听菜菜说，管理部部长考虑到有哮喘的新员工，和上层领导沟通后，快速完善了远程办公的体制。那名本科学历的男员工是成年以后患上哮喘的，疫情之前就在吃药。为了照顾有慢性病的下属，上司能第一时间做出相应的行动，菜菜对此赞赏不已。但是彩子听到这件事，却宛如扎了一根刺一样，莫名有些不舒服。

如果那位患哮喘的新员工不是正式员工，而是像她这样的派遣员工，又会怎么样呢？彩子心想。

答案不言自明。部长是不可能为了彩子去改变整个上班模式的。那是她第一次清楚地意识到，正式员工和派遣员工之间竟有如此明显的鸿沟。

这条鸿沟本就在那儿，彩子自己也是清楚的。正是因为清楚，所以她想得很开，只把关注点放在了派遣员工的好处上。但是在疫情蔓延的当下，说得夸张一点，这条鸿沟关乎性命。正式员工和派遣员工的待遇之差，说白了就是自己人和外人的差别。想清楚这一点，彩子倍感伤害，连自己都为之吃惊。她也知道这种情绪并不合理，所以忍住了不发出抗议和感慨。

那段时间，彩子也很怕被感染。如果可以，她不想乘坐电车，对使用公司的厕所也心有畏惧。但是派遣员工没有选择远程办公的权利。正式员工先后开始了在家远程办公，但是彩子必须照常去公司上班。

被强迫上班还算是好事。一开始还能做做接电话、把员工忘记的资料做成 PDF 发过去等零零碎碎的活，但是渐渐地，就如潮水散去般，她预感也许自己快没活干了。这是一种和担心被感染一样巨大的恐惧。

她看到了在疫情导致的经济不景气下，派遣员工不断被辞退的网络新闻。切身的事实被当作新闻淡然报道，"生命的阶级差距""想死"的描述对于彩子来说，并不是于己无关的旁人之事，她仔细阅读了全文。

读完后看到了报道下面的评论。

——再不做点什么，日本就要沉没了。
——如果职场上的派遣员工都被裁掉，那年轻员工的负担肯定会很重。
——用完就扔的雇佣合同太残酷了。

基本上都是同情派遣员工遭遇的留言。

但是这些留言中还夹杂着一些刺眼的评论，"自己负责""都是他们自己选择的，有什么办法"。虽然这样的评论并不多，但是每一句都如利刃般刺痛了彩子的心，她甚至无法反驳。她猜测，也许大家真的都这么想——自己选的，没有办法——街上来往的人群，公司同事，包括菜菜在内，大家都这么想。

接下来迎接我的，会是什么呢？

只要疫情还在蔓延，经济活动持续萎缩，那么就不可能找到比现在条件更好的事务工作。如果没有工作，要是感染了怎么办？虽然自己有一些积蓄，但是能支撑自己在东京生活多少年呢？老家已经没有我的立足之地。公寓的房租、煤气水电、伙食费、医疗费……

"我可能，会死啊。"

彩子忘不了自己不经意吐露的心声。

就在那个年末,食品公司的会计部部长通知她,因为合同期满,不再续约。

一开始,彩子没能告诉小西自己被停职的事。

不光是小西,她对任何人都无法倾诉,连菜菜都没说。当然,也没告诉父母。这种状态持续了两周。

为什么说不出来呢?至今彩子都觉得不可思议,明明很受伤,也许因为太过懊恼才难以开口吧。

因为在心里,她并不想让别人知道,自己作为派遣员工,在紧急事态宣言发布后被第一个舍弃了。不管是去什么地方申诉,或是主张自己的权利,她都力不从心,而且彩子也很清楚,至少表面上公司是按合同行事的,这次无非是没有续签合同罢了,合理合法。本以为会长久做下去的工作戛然而止,直到这时,彩子才明白了派遣员工的自己,其实一直都如履薄冰,只是以前没意识到罢了。

虽然失业的打击很大,但彩子一直都很小心让一切不要变得太压抑。但在某天约会结束的时候,小西突然对她说:"要不要一起住?"

那天,小西其实一直在纠结,什么时候把这件事提出来。

"可以住到你找到工作稳定下来,或者只是一段时间也行。只不过,我家有点儿窄。"

像是在找借口,小西说得特别快。彩子沉默不语。

之前只跟他说辞了工作,难道他觉察到自己是被公司辞退的吗？他在同情我吗？

彩子觉得很羞愧，心想，如果只是为了支援她的生活才开始同居，那么一旦应允，他们的关系就不再平等了，除非之前就在交往。事实上，那个时候她和小西，还处于友情以上恋人未满的暧昧阶段。

去菜菜家做客的那天，彩子和小西才第一次有机会好好说上话，之后他们通过短信一直保持联系，慢慢开始出去约会，但彼此一直没能捅破那层窗户纸。两人之间的对话，也刻意避开了"我们交往吧""我喜欢你"之类的表达。会时不时一起出去玩，也牵过手，但再多就没有了，这种谜一样的状态已经持续了一年。

但如果一起住，就等于实实在在地进入下一个阶段了。哪是下一步啊，简直就是巨大的飞跃，真的没关系吗？

……虽然很犹豫，但彩子内心已经做了决定。那就是"为了生存"。

即便如此，在搬到小西家后的很长一段时间，彩子为了确保还能随时回去，并没有马上退掉自己租的房子。

因为经常听说只有真正住到一起了，才能看清对方的本性，所以彩子还是有点儿害怕的。

终于，她知道了小西的确是一个靠谱的人。

怎么个靠谱呢？生活规律，性格稳定，不强求性生活，住的地方也保持整洁，作为同居室友，他可以说是完美的靠谱人选。

此外，他们很合拍。一开始彩子担心，因为住的地方是1DK①，如果两个人一起生活肯定会很拥挤。再加上小西时不时要在家远程办公，如果两个人在一起的时间突然变长，会不会彼此都觉得很窒息。但后来才知道完全不用多虑。彩子会待在玄关前的客厅，小西则在床边的简易桌子上办公。

而且能听到小西开线上会议时的声音也挺好的。通过语气能明白小西的情绪很稳定，彩子更放心了。

小西即便面对后辈也绝不会大声，自始至终都是和和气气地对话，偶尔会离开位子做做体操，那个样子让人觉得格外温馨。

正当彩子觉得可以继续这样生活下去的时候，小西突然告诉他楼上的房子空出来了。

"我正打算拜托房东让我们搬过去。那边还有飘窗和阁楼。"

"飘窗和阁楼？"

"是的，因为是最靠边最顶层的房子。"

"但是，房租会不会变贵？"

"是会贵一点，但现在不是没办法出国旅游嘛？所以我存

---

① 1DK 公寓，"DK"是英语 Dining Kitchen 的简写，厨房餐间的意思。1DK 的户型，在日本是指单人公寓中较为宽敞的一种布局。设有与厨房结合的用餐空间，以及独立卧室。

After...

了点钱的。而且一开始住进来的时候就想过要是能搬到三楼就好了。那边视野开阔，还有阁楼。所以才打算搬过去的。"

小西的语气像在强调是他自己要搬过去的。

虽然小西可能也很憧憬有飘窗和阁楼的房子，但他的话给彩子传达了一种信号——与他同居并非一时之计，而是她想待多久就待多久。

"谢谢！"彩子的心结打开了。

于是，小西和彩子搬到了楼上。请搬家公司搬的只有大件家电，其他东西都是俩人一点点搬上去的。就是在那个时候，彩子终于退租了自己的房子。

新房子的阁楼比想象的要大很多，彩子把自己的行李都放在那儿。然后，开始在和小西生活的城市找兼职。

找工作出乎意料地艰难。餐厅的营业时间受限，为数不多的时间段会有很多人应聘。彩子只想在白天工作几个小时，因此大部分店都以"条件不符合"回绝了她。

终于找到了一家员工评价不错的咖啡馆可以工作，要求之一是参与早上的开店工作。虽然时薪比其他咖啡馆稍微高一些，但必须做些布置露台座位之类的体力活。即便如此，能找到活干着实让彩子松了一口气。

彩子熟记了打扫和倒垃圾等杂活的流程，同时把菜单背得滚瓜烂熟。成为咖啡馆店员，她没想到要花这么多精力。这段时间里，彩子全力以赴，大脑一直保持着高速运转。即便用的是工作手册规定的招呼用语和例行询问，但和陌生人说话着实需要一些勇气。这是一份平凡辛苦的工作，时薪也是按餐饮业最低标准。和她一起因负责早上开店而被聘用的员工中有不少在培训期间就辞职了。是长期做下去，还是马上不干，和这些人的身份毫无关系，无论是大学生、家庭主妇还是临时工，都有人很快就离开了。有些人明明在培训期间看起来很不错，也非常热心，但过几天就突然不来了。彩子并不理解这些人和能长期做的人之间差别在哪里。也许是人际关系上的问题，也许是工作以外还有别的安排。而彩子觉得离开这里就无法找到别的工作，因此对于别人讨厌的露台准备工作，做得心甘情愿。

在掌握了工作内容逐渐稳定下来后，彩子着手报名函授教育的"集中速成课"。

首先，她前往主办函授教育的持证学校咨询。在那里，她的会计二级证书和之前在会计师事务所工作时自学得来的知识受到了认可，他们向她推荐了最有挑战的短期培训课程。为了自己，彩子毅然做出了价格不菲的投资。

集中速成课每天有两堂。通过网络授课，她可以调整播放速度，比线下课程节约时间，但相应地，她需要严格自律并全力以赴。听课时她会记录要点，晚饭后便复习这些笔记。为了能赶上进度，她在周末也需要上好几堂课。

彩子现在虽然忙碌，但非常充实。这些课是她用一点点存起来的积蓄支付的，但并没有钱会花完的恐惧。甚至觉得这种花钱的方法才是对自己最好的。彩子逐渐适应了咖啡馆的工作。不管是出声交流，还是活动身体，都由内而外地感到自己重获活力。

每一天都在稳步向前。

能这样生活都是因为有小西的存在，而让自己有机会邂逅小西的，是菜菜。如果没有遇见小西，都不知道自己现在会怎样。彩子时不时就会想到这些。现在的生活多亏了小西，以及让自己遇见小西的菜菜。所以，彩子想好好道个谢。

因此上个礼拜，彩子和小西邀请菜菜一家来家里做客。

那天彩子洒了一点儿麻衣送的香水。其实她还想聊聊 Mai 的博客，但不知为何，这个话题没能聊起来。

但是有一件事情彩子察觉到了，那就是，菜菜变了。

具体是哪里变了说不上来。但总觉得三年前和自己一起工作的菜菜，和上周见到的菜菜，表情和气质有了很大的改变。

菜菜以前是那样的吗？

和记忆中菜菜的样子相比较，彩子不禁心存疑惑。

那天的菜菜，始终有些心不在焉。虽然看上去迷迷糊糊的，但彩子察觉到菜菜的目光深处有异样。彩子觉得这样异常的菜菜有点儿可怕。

也可能是菜菜一直在担心睡在玄关婴儿车里的儿子——

彩子试图去理解。但事实上，菜菜的变化太大了。不但身材发胖，脸色也十分不好。

是的，菜菜明显变胖了。这种话是绝对不能说的，彩子和小西也没有提过。

当然，经过了生孩子这么大的事，体态的变化无可避免。彩子也知道不可能每个人都像明星妈妈那样闪耀迷人，而且对于正在努力育儿的菜菜，决不能说出"你胖了"的话。但是体形的明显变化还是给了彩子一种难以言说的不安之感。

这种感觉和对菜菜老公拓也的看法重合在了一起。

那天，菜菜夫妇在进门前发生了争吵。快到约定的时间时，面向外侧走廊微微打开的窗户外传来了有人上楼的声音，彩子想着应该是菜菜和拓也，打算开门去迎接。突然听到了有男人在怒吼，彩子一阵心惊，停止了动作。

接着，另一个人把话猛地甩给了对方，那声音绝对是菜菜。

彩子瞬间意识到自己听到了不该听的事，她悄悄地缩回了身子。等确定悠闲待在卧室里的小西没有听到后，才放下心来。

彩子别扭地把两人迎进了门，好在进入屋内的菜菜和拓也都是笑意盈盈的。

但是，一想到谈话间拓也半开玩笑说出的话，彩子至今都觉得很刺痛。

——动不动就居家隔离，也许反而是因为这个原因，同居的情侣变多了呢。毕竟没办法去外面约会啊。

一边觉得刺痛，一边还有一点儿安心。原来别人是这么看我们的呀。如果身边没有亲朋好友是被裁掉的派遣员工，拓也一个正式员工肯定不会想到有人同居是因为付不起房租。彩子曾在独居的房间里，不知道前路如何，甚至一本正经地嘟囔着"我可能，会死啊"，这种境地，拓也当然无从知晓。他能说出那种话，估计只是把彩子当作一个和心爱之人同居的幸福女人。这也挺好的。比起被莫名其妙地揣测，沦为同情的对象，拓也的误解真是好太多了。

但是，等菜菜夫妻离开之后，彩子还是忍不住问小西，"你觉得拓也这个人怎么样？"

"怎么了？"小西望向她。

"没什么，就是问问。"彩子答道。

"帅是帅，但人家可是有妇之夫哦，你不是知道的吗。"小西说道。

"啊？"

听到小西出乎意料的回话，彩子困惑不已。她从来没有在意过拓也的长相问题，当然也知道他是已婚人士。愕然的彩子正想着要怎么接话，小西先开了口："那个，因为以前我们部门的那个派遣员工曾让我帮她从中牵线来着。"

到底是想找借口,还是真的在解释,彩子不得而知。但"那个派遣员工"的叫法让彩子有点儿不舒服。明明小西对她来说是很重要的人,但这种叫法让她仿佛看到了小西心中潜藏的某个东西。

"我只是觉得,菜菜看起来挺累的,不知道拓也在育儿和家务方面有没有好好帮助她。"彩子说。

"那个孩子……是叫小树吧,好像一直在睡觉。是个什么样的孩子都不知道。"

听闻此言,彩子把刚才那一瞬间升起的复杂情绪封印在了心底,"一直用那个姿势睡觉,换作大人肯定会腰痛的。"

"据说考拉一天要睡十九个小时,人类的小孩也是这样吗?"

僵硬的气氛不觉间缓和下来。而彩子开始在心中企盼,希望以后彼此更加包容平和,刚才的对话就不会导致裂痕了。

和往常一样,用一点五倍速听完了一堂集中速成课。现在是下午两点四十五分,彩子要休息三十分钟。

放在平时,一般会处理晚餐所需的食材,但因为实在放心不下菜菜的情况,彩子打开了手机的聊天界面。

"上次见面太开心了。虽然知道你很忙,有机会再聚聚好吗?吃个午饭什么的。如果方便的话,下个月怎么样?"

看着写好的信息,彩子犹豫着要不要发出去。

早在上周，菜菜发来了信息感谢彩子的招待，彩子也回信表达了谢意。这件事算是告一段落了，现在再发信息会不会有点喋喋不休。

况且，和菜菜再见面，到底说些什么呢。

对她气色和身材的变化表示担心？

不不不，这种话肯定不能说。菜菜可是公司里的正式员工，已婚有娃，刚休完产假后还在全力工作。她每个月赚多少钱是自己想都想不到的，而且琢磨人家的工资也太卑鄙了。

菜菜在大公司工作，人生的进程上她已经遥遥领先，此刻不过是暂时有点儿育儿疲劳，我有什么好担心的呢，我又能为她做什么呢？彩子开始觉得，自己和菜菜并不是单纯的朋友关系了，仅仅是曾经在同一职场工作过的，同岁同性的正式员工和派遣员工。能够产生联系的不过是些微小的共同点罢了。

或许她们的关系就是这样吧。彩子梳理了复杂的思绪，删除了写好的信息。

为了转换心情，彩子来到厨房，快速准备晚餐。

首先打开了手机上的"咕嘟咕嘟"。搜索想做的菜后打开视频，按下播放键。伴随着轻快的音乐，调料的介绍以及做菜的方法一一呈现。切成小块的白萝卜放入微波炉中加热，同时翻炒调过味的鸡胸肉，加入清水没过食材，再把白萝卜添进去一起煮沸。被标榜最适合懒人主妇的"咕嘟咕嘟"烹饪法简化了各个步骤，只要依葫芦画瓢，很快就能做出像模像样的美食。待会儿可以切点小葱趁出锅前撒上，同时把米饭和味噌汤煮好。做完这些就能安心地上第二节课。一切井然有序。

距离小西回家还有几个小时，为了让他一回来就能吃上饭，彩子打算把一切准备好后再听课。

这时，传来了开门的声音。

"咦，回来得真早啊。"彩子正在把味增搅散，就看到小西回来了。

"我成为密切接触者了。"他提着便利店的袋子，直截了当地说道。

"欸，什么意思？"

"公司通知说，前天一起吃饭的生意合作方确诊了新冠。所以我也做了检测，结果出来前都要在家里等。"

看到小西暗淡的表情，彩子感觉到事态严重，不免有些紧张。

"检测……那个，结果出来要多久？"彩子问道。

"好像明天上午就会出结果。"小西面露疲惫。

"这么快就能知道吗？"

"现在是挺快的。因为对方下午才说出了这事，所以要拖到明天。如果对方上午就联络的话，今天就能知道结果。"

"这样啊。你身体感觉还好吗？"

"没事，和平时差不多。"

"但是，也可能是无症状对吧？"

"这就不知道了。"

"如果是阳性的话，会怎样？"

"如果身体没什么问题，公司肯定会让我在家远程办公。这样的情况挺多的。如果有什么问题就去医院，但我觉得应该不会像以前那样被隔离。现在即便有症状也一般是待在家里。对了，我买了这个。"

小西忽然想起来，从便利店的袋子里拿出了东西。里面有果冻状的食物和口服液等。

"我应该没问题吧？"彩子确认道。想起新闻中有人说，如果行动限制过于严格，社会会陷入恐慌。以前左耳进右耳出的这些话，现在一下子有了真实感。

"啊，在我的结果出来之前还是请个假比较好。以防万一。"小西说得理所当然。

"欸？"正在做味噌汤的彩子停下了手中的活。

"反正明天上午结果就出来了，到那时再上班也不迟。"小西说道。

"'到那时'……这可不行啊。"彩子答道。

"欸，为什么？"

"因为我是还要负责布置露台座位的呀。"

如果我不去，另一个兼职主妇就不得不独自承担。椅子也就罢了，桌子可是很沉的。

"但是，目前的情况不清不楚的，服务顾客也不好吧。"

小西说道。

"在你的结果出来之前，对我没什么影响吧？如果因为这个就少赚一天钱也太奇怪了。"少赚一天钱——彩子意识到的确如此。小西在家待命，月薪并不会有变化，但自己是按小时领薪水的。

"不是，如果在办公室里工作也就算了，但你做的是餐饮业啊，要和顾客对话。就这么去上班，对顾客和店里都不好吧。"虽然小西说的都有道理，但彩子难以赞同。

"你有没有被感染还不确定，而且我感染的可能性也很小。如果只是因为'不确定'就让我请假，不觉得奇怪吗？"

"你请假时间的工资我来付也行啊。"冷不丁地，小西抛出了这句话。

"等等，这不是钱的问题。现在这个时间你突然来这么一出，我很难找到替我的人啊。"

"就是因为突然找替补很难，才更要马上和店里说啊，这样他们才好快点找人。"

"现在去找肯定找不到的！……已经都四点了。"

彩子说着说着哭了出来，自己都吓了一跳，小西也一脸震惊。

"我理解你的责任感，但是在明知有可能是密切接触者的情况下还去上班是不是太不负责了？无论是什么工作，如果遇到这种情况，待在家里等结果才是对顾客和同事负责的做法。"

小西耐心地开导她。

冷静想想，不，甚至不需要冷静，彩子都觉得小西说的很有道理。但是，当自己处于这种境地后才第一次意识到，现实中有很多人会隐瞒着去上班的。

虽然刚才说了不是钱的问题，但说到底，其实还是钱的问题。确保能持续赚钱是很重要的。比起小西，自己把钱看得重多了。但是，能够理直气壮照章办事的人是幸运的。哪怕隐瞒家里有密切接触者也要坚持去上班，这是彩子不得不选择的工作方式。如果她不这样做，这一天的钱就拿不到。

"因为疫情已经蔓延到这种程度了，出现密切接触是常有的事。只要明天上午确定我是阴性，你马上去上班不就好了吗。"

"说的也是。"听小西说完，彩子小声地答应了。

不传播病毒，这是第一要务，彩子也明白这一点。当下，对于行为轻率的人，批评声此起彼伏。大家应该同心协力排除任何可能存在的风险。

"这种日子什么时候才会到头啊。"

"总会结束的。到时候大家就会聚在一起聊天，说'那时候真是不容易'。"

"是啊。但是，其实我从来没和店长或其他人提过自己和人同居的事，该怎么说才好呢？"

小西惊讶地看着她。"是吗？"

"是啊。"

"那你说我是你未婚夫也行的。"

彩子抬起头,看到小西澄澈的眼神。

"你说自己和未婚夫同居不就好了。实际上,这样也行。"

"这样可以吗?"

"结婚也可以的。"小西说道。

听闻此言,彩子困惑地望向小西。小西察觉到她的凝视,抿紧了嘴唇微微点头,似乎在说"就是这么回事"。眼神还有点儿不好意思。

"欸。"

等等,此刻,难道他在跟我求婚?彩子心想。但与其说是小西在求婚,不如说是彩子得到了接纳。

即便如此,她还是无法否认心中涌起的心安,想着要不要答应。

不久之前她还想不开,觉得自己会活不下去。但通过获得小西的"接纳",就能换来安心安全的生活,她还有拒绝的余地吗?

也许是把彩子的沉默视为感动,小西温柔地眯着眼睛等待着她的答复。

他真的是个很温柔的人,这一点彩子心里清楚。

此刻内心杂乱,彩子不想这样。

她打算用五秒钟的时间平息这份杂乱,然后对他说声

"谢谢"。感谢他接纳自己，并同意他的求婚。

彩子凝视着即将成为未婚夫的小西善良的双眸，慢慢地倒数。

五、四、三、二、一……

板仓麻衣

Today's My Aroma 1 : Sun
晨起先打开窗户，然后让阳光洒满全身。
生物钟启动！

Today's My Aroma 2 : Coffee
为了让困倦的大脑清醒一些，仔细地泡了一杯咖啡。

屏幕上是"咕咚咕咚"倒热水的可爱声音。为了衬托这个，麻衣从名为"晨曲"的文件夹中选出了喜欢的背景音乐。这些音乐一直放在麻衣常用的剪辑软件中。今天她选择放到视频中的旋律如流水般优美。

以"晨曲"为前奏，随后加入短视频开场，是麻衣剪辑视频的常规操作。等画面切换的时候，麻衣会放入自己的影像。

早安，午安，晚安。我是"Mai香水晴空"的Mai。

说完了例行的问候语，麻衣盘腿坐在床上，大幅度地舒展肢体。

麻衣的观众大多是同龄女性。正是女性，才会羡慕那些闪闪发光、过着美好生活的同龄女性。自从明白这一点，麻衣将拍摄的房间进行了改造。她把之前充斥房间的各色私人物品都归置到了储藏室和衣柜里——尽管住在一起的父母对此颇有怨言——但画面的呈现是第一位。为此，她把房间布置得洁白素雅，好让阳光最大限度地透射进来，并装点上了鲜花。

感谢大家经常收看。今天，我将以香气为主题介绍晨间日常。这已经是第三条视频了，这一次主要着眼小物件的使用。请看到最后哦。接下来进入正题吧！

等这句话结束后，就切换到之前拍摄好的另一条视频。把字体精心设计过的标题页"Today's My Aroma"按照顺序依次插入，再不时更换音乐。虽然操作了很多次，方法早已熟悉，但切换画面还是很费心思的。

所谓"晨间日常"视频，就是记录早晨的习惯性行为，搭配舒适的音乐，加上简短的文字说明。因为是以录像的形式记录的,也被称为"Vlog"。一般,每天早上麻衣都会匆忙地拍一些视频,再安排时间剪辑。没有找任何人帮忙,完全是自己一个人在做。从运镜、配乐,再到字体、整体色调等,既要把控时尚的流行趋势,又不能太花哨。

麻衣观看和研究了同龄创作者制作的各种视频,在自己的视频中融入"香气"的元素,以展现自己的个性。当订阅人数超过一千时,她开始感受到了切实的反响。等超过一万人时,粉丝还会零零散散地给她视频打赏,来自企业的推广邮件也多了起来。从那时起,每发布一支视频,订阅人数就会增长。视频的播放次数和由此带来的收益,成为了麻衣巨大的动力。现在拍视频已经成为了她的主业。

当视频剪辑告一段落后,麻衣注意到了手机上收到的一条消息,是爱美发来的。

麻衣酱!真的非常感谢你这次的帮助。当时给你发消息时,还不知道你已经成了网红,更没想到你会花心思帮助宣传我老公的产品……

那时还因为我老公的事跟你哭诉,你给了我很多建议,真的非常感谢。多亏有你,产品的销量有了大幅增长。真的很惊讶,我都要哭了!虽然我知道你很忙,不过疫情也渐渐平息了,如果见上一面就好了。当然如果还是有点儿担心的话,我们也可以视频连线。无论哪种方式，只要能和你见面我都会很高兴。

爱美的消息，麻衣反复看了很多遍。不愧是稳重的爱美，字字亲切温暖，而且有礼有节。爱美的感谢让麻衣从心底感到高兴。被爱美称为"网红"也让她感到十分自豪，不禁嘴角上扬。

几年前的麻衣从没预想过会有这样的未来。那会儿她辞去工作后也一直和父母住在一起，发挥写作的业余爱好挣点零花钱。但无论做什么，内心深处总觉得这一切都不是真正的自己。那个时候她也在各平台上做自媒体，但粉丝数量不多。如果不是因为居家隔离期间下定决心全职做视频博主，她到现在可能还只是一名兼职写作的业余博主，必定烦闷不已。

虽然她现在会为视频的播放量而焦头烂额，也会为寻找视频选题苦恼不已，但开始有了一些公司的赞助，还有一些品牌邀请她一起开发香薰蜡烛和香味内衣，所以麻衣的工作范围得到了扩展。虽说被称为网红的确有些难为情，但麻衣觉得正慢慢接近理想中的自己。

在开始做视频以前，麻衣就想过要以"香气"作为特长。在疫情暴发的几年前，她为了获得香氛资质的认证，花了大笔钱报名相关香氛学校并拿到了资格证书。那时她还想成为那个香氛学校的讲师，也曾把在香氛学校学到的知识和课堂上的趣闻记录在博客中，但访问数少得可怜。

在这期间，通过手机里的新闻，她了解到一种新型肺炎病毒渐渐在日本蔓延。有报道称在一艘航行中的游轮上发现了新型肺炎的阳性患者，乘客们被迫困在船上。因为不怎么接触电视和报纸，麻衣并没有把当时的世界局势认真地当回事儿。

不久之后，麻衣注意到，在她为了挑战更高资质而继续学习的香氛资质备考学校里，学生们纷纷戴起了口罩。为了通风，即便天气寒冷，老师也会打开教室的窗户。

有一天，麻衣常去光顾的瑜伽馆出现了阳性病例。因为那时还不常见，所以上了电视新闻，瑜伽馆因此停止了营业。看到自己平时常去的地方出现在电视上并且还有记者现场报道，麻衣觉得很新奇。即便不合时宜，她心里竟有点儿小雀跃。

第二周，她若无其事地在香氛课上说了这事儿，还以为大家也觉得新奇有趣，结果全场气氛凝固了。

再去上课时，发现出勤的人变少了。麻衣突然注意到，没戴口罩的只有她一个人。她开口说话时，有人露出了害怕的表情。

直到老师问她有没有什么症状，麻衣才意识到大家的恐惧意味着什么。她完全没有想过自己会被怀疑是感染者。

麻衣所说的游轮应该不是导致这一切的原因，但从那之后的一周，课程就改为了线上进行。虽然无法进行调香等实际操作，但学费没有退还。麻衣觉得很没意思，逐渐失去了继续参加在线课程的兴致，也停止了博客的更新。

不久之后，政府宣布了紧急事态宣言，居家隔离的事态进一步加剧。提前计划好的外出用餐全部被取消，她与母亲原本计划的夏威夷旅行也泡汤了。

与此同时，由于居家隔离的情况越来越普遍，身为自由撰稿人的麻衣工作量也增加了。可能是因为被迫居家的人上网时间越来越长，编辑们要求她写一些尽可能吸引眼球的文章。

由于退出了香氛资质备考学校，麻衣有了更多的时间。她积极地投入到撰稿工作中。但其实，她所做的就是不断地看名人或普通人在网络平台上的留言，读读博客，看看新闻。然后从中挑选出有趣的内容，随意地串联在一起。直到那时，她才知道这种既不采访也不求证的文章被称为"拼盘报道"。

她写的这些文章反响还行。但再怎么努力，排名第一的总归是些桃色新闻或八卦，渐渐地她开始觉得一切都是徒劳。

过了一段时间，她被告知以后稿费将根据点击量来计算，这样一来写文章的收益就下降了。她对这种不合理的安排提出抗议，责编告诉她，公司的管理层已经彻底更换，他们正在努力开发一套让 AI 撰写文章的系统，公司今后投资的重点也是这个方向。

听到这个消息，麻衣的脑海中闪过一阵心死般的麻木：

啊，原来我干的那些活，AI 也能干……

——《让女友对你死心塌地的十一个诀窍》

——《很想私藏的七个词——脱口而出即可成为某人的"真命天子"》

——《值得付费收看的海王猎女宝典》

这些是在疫情蔓延后麻衣所写专栏中排名较高的标题。当时一边写，一边心里还在想，读这种文章的人脑子里到底装着什么啊。

如果只是读来逗趣解闷也就罢了，若是真心想以此为参考那可太可怕了。作为写手，麻衣其实心里对这些人感到轻蔑。一边看不起他们，却一边继续写《让她尽情高兴后再甩掉》《要搞定女人就得让她们患得患失》——参考这种东西去接近女人的男人最好去死一死吧——像这样边骂边写也就是刚开始那会儿，等写了五十篇、一百篇后，麻衣内心的某个地方已经死去。而且，为了写出这些东西，自己得像那些物化女性的男人般思考。麻衣的心死得越透，点击率就越高。那还不如一开始就让没有心的 AI 去写呢，麻衣心想。

穿插在这些文章中间的，一般是些色情广告，偶尔也会有骗人的美容仪器的广告。如果麻衣在文章里加入一点儿批判或者讽刺的观点，就会被编辑部自作主张地删除。而且没有著作权，她写的东西在提交的瞬间就不再属于她。原本的合约规定就是如此。因此，不管是被采用，被拆拆拼拼，被转载，抑或是被加在色情广告里面也罢，麻衣毫不在意。对于近似代替AI写出的这些东西，麻衣没有任何感情。

这些东西写得再多，文笔也不会变好，对于建立行业名声更是只有反效果。等她注意到的时候，以前签约的大型网站不再跟她约稿，也没有其他自媒体平台找上门了。

谁让她文采不好呢，而且她本就不太喜欢舞文弄墨，不知不觉地，麻衣想开了。只因这把年纪实在不好意思当无业游民，所以才持续做着这份工作。

对于自己过度依赖父母的事实，麻衣心知肚明。父母对网络陌生，所以每次听到女儿念叨着"快到截稿日了……"，总以为女儿在很努力地生活。而麻衣每次听见父亲在书房开线上会议，就会隐隐不安，不知自己还能啃老到何时。

带着复杂的心情，她写了一篇《以爱好为职业来实现自我的咒语》。不知为何，这一篇躲过了编辑部的审查，一字未改地发表了。当看到夹杂在色情广告中的这篇文字时，麻衣都要哭了，而对于自己的这番情绪，也非常吃惊。

文章的点击率虽然不高，但是麻衣想起了学生时代"以爱好为职业来实现自我"的愿望。然而不知何时，麻衣连自己喜欢什么都不知道了。

转机来自爱美的短信。

"有件事情想跟你商量，可以视频吗？"这是延期举办的东京奥运会刚结束的时候。不是别人，而是同期中最先出人头地的爱美有求于她，实在是让麻衣受宠若惊，也非常希望帮上她的忙。无非是同期伙伴有事要商量，麻衣却如接受面试般，紧张地接通了视频。

屏幕里的爱美模样有些疲劳。她要商量的事，有关老公的工作。在那之前，麻衣对爱美的家事了解得不多。而这一次，爱美向她详细介绍了很多。她的老公在一家连锁餐饮企业工作，是旗下一家意大利餐厅的店长。麻衣避开摄像头，悄悄用手机搜索了店名。

虽说是连锁店，但东京仅有几家，麻衣没有听说过。虽不如家庭餐厅亲民，但也不是让人望而却步的高级餐厅。在食客中的口碑不错，照片上的菜肴看起来也很好吃。如果是居家隔离前爱美告诉她这家店，麻衣肯定会去光顾的。但今天不是说这个话的时候。不管是座位数，还是店面大小，以它的规模，即便靠政府的补助金也难以为继，据说接下来连交房租都成问题。

"我听说你为很多网站撰稿。像这种媒体宣传之类的，不知道你有没有门路？"

隔着屏幕诉说的爱美，露出了一丝苦笑，"老公工作的那家店正式开始网售居家食材包了。就是通过网店发送食材和菜谱，再配合线上可以观看的烹饪视频。我觉得这个企划挺有意思的。"爱美的语速突然变快。

麻衣沉默了一瞬，马上掩饰地说道："嗯，这个企划听起来挺不错的。那我下次和网站编辑开会的时候跟他们宣传一下。放心,我会注意措辞,不明说的。"

只见爱美双手合十,做出拜托的姿态。"真的太感谢了。求你办这种事真不好意思。"

听爱美这么说,麻衣一阵心痛。

其实并没有什么和网站编辑的会议,只是虚荣而已。

已经没有所谓的编辑了。曾经的编辑,新冠阳了后,跟她说要休息一段时间,从此杳无音讯。后来由其他人和麻衣对接,让她把稿件发送到指定的账号。而现在,稿件的分类和校对都是由AI完成了。在这种情况下,居然还能说出"和网站编辑开会",麻衣对自己很是无语。明明无能为力,却让爱美抱有期待,羞耻感和罪恶感交织在一起,让她非常难过。

那天她久违地写了博客。

今后应该怎么活下去,这份工作应该做到什么时候……认真思考着这些问题,写写停停,结果变成了连她自己都惊讶的长文。虽然之前她写过无数篇文章,但真的好久都没有像此刻这样完全倾注自己的感情了。

这个博客爱美并不知道,所以麻衣想写什么就写什么。

一直都很焦虑,对于自己到底要这样过多久深感不安,难道要一直纠结下去吗?……

麻衣上传了这篇完全坦露心声的文章。

几天后,麻衣吃惊不已。比起上香氛资质备考学校的那会儿发布的内容,这篇文章的点击率高得多,很多人读完后,还给她留下了共鸣和鼓励的留言。比起在网络上晃悠,东拼西凑写些拼盘文章,能这样阐述内心的真实想法让她觉得充实。

要不就在社交媒体上努把力吧,麻衣心想。

她其实一直都想做与人产生联结,能给人带来影响的工作。因为原本就有向往,所以曾亲自做过许多尝试。博客、推特、Instagram①、Pinterest②……各种自媒体平台她都尝试过。从关于香氛的种种,到电影的感想、美容的相关信息等,把日常生活中浮现在脑海里的东西,有意识地分享在这些平台上。比如,在 Instagram 上,她主要是探索各种养眼的咖啡馆和美术馆,把租来的衣服进行不同的搭配,展示各种小物件等。其实在疫情开始前,麻衣就一点点在做这些事了,但粉丝数和浏览量一直都没怎么增长,没能找到努力带来的价值。

要不做点新的尝试吧。

比方说,拍点视频什么的?

到底要不要露脸呢?刚开始麻衣有些纠结。之前,麻衣

---

① Instagram(简称:ins)是一款运行在移动端上的社交应用,以一种快速、有趣的方式将随时抓拍下的图片彼此分享。
② 美国热门图片分享社区,采用的是瀑布流的形式展现图片内容,无需用户翻页,新的图片不断自动加载在页面底端,让用户不断地发现新的图片。

投稿的时候会有意识地隐去自己的样子。比方说，不拍脸只展示服装的搭配，戴着帽子和口罩出镜等，用各种方式谨慎地模糊着自己的容貌。

但麻衣发现比自己年轻许多的十几岁、二十几岁的视频用户，对于露脸并没有什么顾虑。有的大方展示着近似泳装、露出很多皮肤的衣服；有的畅谈美容和医美的经验之谈。见识到年轻一代在电子产品世界里随心所欲的样子，麻衣的心结不知不觉解开了。反正也不会有熟人看这些，还不如自由自在点好。让她更加鼓足勇气的，是视频软件中的"美颜功能"。哦哦，原来这可以让皮肤看起来更光滑，还能放大五官的优势呢，麻衣赞叹不已。的确，如果样貌能比实际增色几分，那肯定会想要获得关注啊。

使用人气直线上升的潮流音乐，加上特效，几十秒就能做好一期短视频。随意地制作，轻松地上传。麻衣本以为，在那些过激的短视频中，自己发的肯定瞬间被淹没。但出乎意料的，视频播放量一涨再涨，转眼间超过了一万阅读量。不会吧？她还惊讶着，紧接着就超过了两万阅读量。

麻衣顺势又传了几个类似的视频，并公布了"三十三岁"的年龄。马上收到了年轻女孩子们的各种赞叹。"看着好年轻啊！""太可爱啦！"麻衣心情大好，进而还跳了舞，扮了鬼脸，继续做着各种尝试。粉丝数蹭蹭地涨到了三万。私信里陆续有企业发来的商单。其实能有一两个邀请就很高兴了，但是有天早上打开私信的时候竟然有四十多封。麻衣突然发现,世界变得广阔了。

信心大增的麻衣,开设了自己的长视频账号,第一期是展示房间各个角落的"Room Tour(房间参观)"。当然,这也是为了回应粉丝们的期待。

——好想看看 Mai 的房间啊。
——请你做个 Room Tour 吧!

于是麻衣拍摄了房间的各个角落,配上音乐和解说,制作了视频的封面,上传到账号上。但此视频的播放量并没有增长很多。

虽然是应粉丝的请求才开设的新账号,但粉丝数却没有过百。麻衣觉得很奇怪,便上传了制作蛋糕的视频。这次订阅人数终于过百了,但在一百二十人时就停止了。明明短视频应用的粉丝数已经超过了三万,麻衣也多次向粉丝宣传,但这些人气并没有来到她的长视频账号上。

那个时候她还不知所以。但是现在明白了,原因在于视频质量太低。

与几十秒结束的短视频相比,要做出一个让人能专注看上十分钟的长视频是很难的。漂亮有趣的影像、契合的音乐、吸引人的旁白或对话。只有具备了这些要素,才能算得上是一支有魅力的视频，才能吸引粉丝。

房间拍得倒也可以，但那时麻衣比较在意隐私，所以像艺人似的只是拉近镜头放大拍摄了几个角落。这种枯燥而没有特色的视频，自然不会有人看。

因为播放数迟迟没有增长，麻衣打算不搞那些十分钟的视频了，她又回到了短视频领域。麻衣以新买的化妆品为题材，上传了化妆视频，结果反响低得惊人，令她狼狈不堪。这么快就过气了吗？

正因为是以秒为单位的视频，所以大家的反馈简单且直接。不能在一开始就吸引人眼球的话就意味着结束。麻衣的视频毫无特色，年轻女粉自然一下子远离了。没有播放量就不会被推荐，播放量没有增长，就更不会被新用户看到，因此，关注度越来越低。在这期间，新人用户会不断上传新的视频，麻衣曾感受过的短暂人气泡沫在短视频圈里不断上演。尽管自己那时享受过一瞬的光亮，但麻衣还是觉得很羞愧。她也意识到，自己一直在重复失败。

如果换做以前，麻衣早就打退堂鼓了。

然而，这次她没有放弃。还有时间，还来得及，比起一个劲儿写那些夹杂在色情广告中的廉价文章，麻衣更想多研究研究视频制作。她一门心思观看其他同龄女性制作的视频，发现那些既不是艺人也非模特的女性，只是稍稍展现容貌和生活的片段，动辄就能有数以万计的播放量，而很多视频明显看得出来是很努力拍摄的，播放量却连一百都不到。到底差在哪里呢？麻衣观看了大量同类型的视频，但还是找不到关键所在。有些视频明明不怎么样，却很受欢迎。而有些其实可以更有人气一些的，播放量却没什么增长。看了各种视频后，麻衣有了决定。其实很简单，那就是——不要想太多——尽量多发视频。

看起来，唯一能够生存下来的，只有那些不断上传视频的人。当然，也有人每天再怎么发，视频播放都难以破百。但是发得越多，火爆的概率就越大。等到偶尔有某个视频小火一把，粉丝数自然就涨了。

麻衣给自己取了个名字叫"三十代单身Mai的香水晴空"。她选择彻底展现自己的特质，开始麻利地制作各种视频，一个劲儿发表。做水果奶昔啦、化妆呀，或者轻断食、在网上买居家服、卸个妆、弹弹琴什么的。

麻衣的账号第一次被刷爆，是她为母亲制作香水并挑选喷雾器的那期视频。麻衣很喜欢收集用来装香水的小容器，已经攒了一百多个了。当她展现自己的收藏时，观众都觉得很有意思。收到女儿礼物后母亲高兴不已的样子也大受好评。很多人夸赞说"美女妈妈""闺蜜母女"。看到这些评论的母亲格外高兴，也让麻衣很惊喜。从那以后，不管她做什么视频，都会介绍一下当天使用的香水和喷雾器。定好视频的基调，在音乐和影像的格调上下功夫，精心制作画面特效……渐渐地，不管是点击率还是收入都稳定下来。

自打收到爱美的视频连线,正好过去了半年。在这半年里,她既觉得自己是意外地快速走红,又觉得是努力了好久才终于走到了这一步。

在爱美老公策划的"完美复刻大厨手艺的居家食材包"中,麻衣购买了最便宜的"双人四千八百日元食材包"。

一开始,她只是想尽可能地帮助爱美,想要获得爱美的认可。但是当购买的居家食材包寄到家时,麻衣心中掠过一丝不安。

万一不好吃怎么办?难吃也要介绍吗?而且平均一人也要两千四百日元,这样的居家食材包会不会有点……太贵?

带着不安的心情,麻衣录制了烹饪的过程。麻衣并不擅长做菜,但食材包让她这样的人好歹做出了料理,而且装盘后看起来还挺赏心悦目的。更让人欣慰的是,她从心底觉得,用"完美复刻大厨手艺的居家食材包"做出的三道菜:蘑菇浓汤、油封猪五花、芝士舒芙蕾,每一道都很好吃。如此,平均一人份两千四百日元反而显得有些便宜了。

"啊,这下放心了。"麻衣情不自禁地低语,回过神来时,麻衣意识到,不知何时,自己的心中有了要珍视粉丝的想法。

"三十代单身 Mai 的香水晴空"是我的媒体。为了粉丝,今后得介绍不让自己名字蒙羞的优质内容。

这期"完美复刻大厨手艺的居家食材包"的视频,既给爱美做了宣传、丰富了自己的频道，也给观看视频的人提供了优质的内容。意识到这种良性的循环时，麻衣第一次在工作中感受到比名声和金钱更大的喜悦。

这一次，她比以往更讲究音乐和画面的水准，努力让做好的料理看起来更美味。虽然这期视频和往期视频相比点击率没有很高，但是获得了"看起来好好吃呀""我也下单试试"之类的评论。

上传视频后，麻衣并没有马上告诉爱美。一方面担心播放量不涨，另一方面也害怕有恶意的评论。

等到她确认没有任何恶评后才联系爱美。爱美非常吃惊，特别高兴。

多亏有你，产品的销量有了大幅增长。真的很惊讶，我都要哭了！虽然我知道你很忙，不过疫情也渐渐平息了，如果见上一面就好了。

看到爱美回信中的"我都要哭了"，麻衣才是真的想哭了。爱美居然会发出这样的感叹。她本不是感性的人，看来这次是真的很担心老公的工作。

能够得到爱美的认可，麻衣很高兴。虽然还谈不上是什么网络红人，但如果爱美能因为自己制作的视频或多或少得到一些帮助，那么持续努力就是值得的，麻衣从心底这样认为。

能帮上你的忙太好了！不用想着回礼！我也很想见你，咱们一定找个时间聚聚！

麻衣回复道。

明明是同期伙伴，发给爱美的措辞却显得有点儿客套。是时候找机会大家聚一聚了，麻衣心想。

天气已经转暖，疫情的平息也有了眉目。昨天电视上还报道说，为了迎接外国游客，旅行公司已经纷纷开始了准备。心情愉快的麻衣，轻快地移动着手指，打开了手机上的日历。

自那以后过了两个月。

今年的黄金周，两年来首次没有因为疫情而发布紧急事态宣言，因此日本各地的游客数量大幅增长，超过了去年许多。特别是东京近郊的著名旅游景点，据说游客人数远超前年，甚至比疫情前还要多。大家被禁足了两年，心中应该一直压抑着旅游的热情吧。酒店满房和交通阻塞的消息让媒体骚动了好一阵。

在这种情形下，麻衣选择了和黄金周稍微错开，在房费比较便宜的日子入住了东京都内的一家酒店。目的是拍摄"三十代女子独自在酒店度假"的视频。

为了在酒店度过舒适的时光，麻衣准备了两款香水，一款是柑橘调的清新优雅型，一款则是木质调的自然温和型。柑橘调的香气可以消除疲劳，而木质调的据说能够缓解压力。助眠类香水的制作，是麻衣将来想尝试的视频主题，所以这次的介绍是一次预热。

视频得到一定支持后，麻衣就一直在用单反相机。虽然形状小巧可爱，却能拍摄出细腻的画面。她选择了一家有名的酒店，可以从窗户向外眺望到时尚的办公区。晚餐选择了客房服务。放松、吃饭、卸妆……麻衣适时地调整相机的位置和场景的布置。拍好后，她也一边检查一边调整色调，并制作了视频的封面图。虽然宣称是酒店度假，但其实她几乎没能好好放松。不过，她还是很满意拍出了不错的效果。

其实之前在线聚会的时候，她曾邀请大学朋友来过这里。她们是大学一年级在语言班结识的五人组，关系非常好。但那次邀约没能实现。不管是有娃的还是单身的，大家似乎都挺忙的，当麻衣提议线下聚会时，竟无人附和，对此她很沮丧。本来还贪心地想拍摄和小姐妹们在一起时的自己，但其实更多的是想漫无目的地聊聊天。

窗外的办公大楼不觉间已没入夜色。麻衣额头抵着窗户上的玻璃往下望，急于归家的白领们看起来非常渺小，而此刻她的心情也有点儿灰暗。

麻衣总觉得自己没有什么真正交心的朋友。

本来还觉得自己朋友挺多的,但这种时候愿意陪自己外宿的人寥寥无几。

突然想起了上学时交往的前男友批评自己"不珍惜身边的人"。虽然麻衣并无此意,但也许周围人是这么认为的,想着想着心情越来越低落。即便后来泡了味道不错的咖啡,舒服地洗了澡,换上为拍摄特地准备的丝绸睡衣,心情也没有转好。

突然想到了曾经写过的文章题目《以爱好为职业来实现自我的咒语》。明明此刻她正实现着以前的愿望,从事着喜欢的工作,但为什么还是没获得完全的满足感呢?

此刻,当下,她非常渴望拥有一个无话不谈的朋友,一个可以悠闲躺在床上轻松谈笑,偶尔能聊一些深刻话题的朋友。

从浴室出来,麻衣在洗去了一切香气的身体上又洒了新的香水。这是一种木质调的温和香气,据说能够缓解压力、有助眠的效果。为了能在香气的包裹中安然睡去,这次带来的沐浴露、洗发水,还有护发素都是无香的。在录制了这些小物品以及相关解说的视频后,麻衣干脆地从冰箱里拿出白葡萄酒倒进杯中。她咕咚咕咚地喝了三大口,给爱美写起了信息。

现在方便通话吗?

按下发送键后,麻衣突然紧张起来。

麻衣和爱美自打上次聊天之后一直没能见面,这不,一晃两个月都过去了。虽然很不愿意这么想,但会不会,是爱美不想见自己?这种担忧,隐隐划过麻衣的脑海。

对于帮助老公宣传商品的麻衣,爱美表示想要好好道谢。麻衣给出了两三个可以见面的备选日期,但每一次都被委婉地拒绝了。也许是工作太忙了,虽然爱美说着"等我安顿下来再联系你",但之后一直杳无音信。

这时正是工作日的晚上十一点。爱美应该早就结束工作回到了家,孩子也哄睡了吧。

麻衣焦急地等待爱美的回信,但等着等着又觉得这样太傻了。要不拨个电话过去吧,如果爱美脱不开手,自然不会接;如果她有空,会和我通话的。想来想去,麻衣按下了拨号键。才嘟了一声,爱美就接通了电话。

"是麻衣吗?"

"啊,嗯,抱歉啊,这么突然。"

"出什么事了吗?"

听到爱美这么问,麻衣心里没了底气。没事就打电话,好像是不太好。

"没什么事。我知道你很忙,不过疫情已经平息了,我就想,要不我们定个见面的日子吧。"

"啊……"爱美轻声叹气。

这算什么呢，难道她是嫌我烦了吗？但是，话说回来，最开始是爱美说想见面道谢的呀。

"虽然这不是很急的事情，但是因为日程渐渐满了……"麻衣说道。

"是啊，一直没能联络，真是抱歉。定在什么时候比较好呢？"爱美答道。

"那个，要不月底的周六周日怎么样？"

其实麻衣下周末和下下周末都空着，但是碍于面子，故意提了一个更往后的日子。

"那个，那个时候有孩子的运动会，前一天也要送孩子去学东西。"

和爱美信息沟通的时候，麻衣听过几次"送孩子去学东西"的事，所以之前的约定都泡汤了。

"那六月以后也是可以的。"

"平时，周六要送孩子去学习游泳。周日上午有足球训练。六月第一个周日孩子预计会去参加足球比赛。"爱美抱歉地回答。但是麻衣不禁皱眉，"足球比赛"？孩子需要做这样的事吗？的确，在信息沟通时，爱美也曾提过孩子周末有游泳课和足球训练，需要接送。而爱美的老公在餐厅工作，周末也要上班，没法在家。即便如此，这些事不能拜托身边关系比较亲近的同为带娃的母亲①吗?

"工作日也可以。比如下班回家的时候顺便见一面。"麻衣提议。

"说的也是。不过,就是下班时间不太确定……"爱美含糊其词。

爱美是不是不想和我见面呀。麻衣忍不住想,但艰难地把这句话咽进了肚子。

"等到了七月,也许周末有空。"爱美说道。

七月……那还要好久以后呢,麻衣心想。

"我正在看手账呢。七月有五个周末,所以游泳会休息一次,我查一下确切的日期再联系你。"爱美温柔地说道,仿佛在哄着不懂事的孩子。

"啊,到时候,能不能也叫上菜菜?"爱美补充道。

说到菜菜,自从上次受邀去她家聚会后就再也没见过面了。菜菜性格开朗、厨艺了得,麻衣自然也很想再见见她。

"当然可以!"麻衣欢快地答道。

麻衣并不是想独占爱美,而是想和小姐妹们好好聚一聚。况且好久没和爱美单独见面了,万一聊尴尬了,菜菜在场还更好一些。

---

① 原文为"ママ友"。在日本,由于行动范围局限在孩子、保育员和学校附近,所以妈妈有时会和同样在育儿中的其他妈妈深交。她们有时交换育儿信息,有时一起玩耍,也有时会互相帮忙看孩子。

"等我查查孩子七月份哪天不上课,那天我一定和你们聚。"得到了爱美的许诺,麻衣松了一口气。

她想为"三十代女子独自在酒店度假"的视频配上文字:"和小姐妹久违的通话,大家约好了一起见面。"

一边"以爱好为职业来实现自我",一边珍惜独处的时光,并且还有同性好友为伴,在美好的香气中享受人生。

麻衣想要成为的,是这样的自己。

江原爱美

"妈妈,讲完了吗?"

一直在旁边听妈妈说话的优斗终于开口问道。

爱美挂掉麻衣电话后轻声叹息。已经是深夜。来电话之前,爱美好不容易把孩子们哄睡。正在客厅小声接电话的时候,优斗从卧室出来找妈妈。看到她在讲电话,优斗虽然感到安心,但一点儿都不困,似乎有什么话想说。爱美做出手势示意他回屋睡觉,优斗的小脸立马显出要哭的表情。因为想快点挂掉电话,爱美心里一直很烦躁。同样是兄弟,七岁的春斗一沾枕头就能睡到天亮,但是比他大一岁的优斗,虽然已经上小学三年级了,还是会因为一点点声音就惊醒。其实以前不是这样的,但是最近越来越严重了。

在学校发给家长的信上,提到孩子会因为家长过于紧张的防疫态度而情绪不稳定,会不会是这个原因呢。

前段时间新闻连日紧张地报道感染人数,优斗就很担心春斗在外面时,口罩总是歪一边。有时候,优斗用非常担心的语气问:"妈妈,你没染上新型肺炎吧。"优斗担忧的模样令爱美于心不忍。所以有孩子在的时候会尽量不看电视新闻,而是选择其他比较平和的节目。即便如此,优斗时常露出担忧的神情。

爱美尽量在孩子面前伪装开朗,其实内心几乎是快崩溃的状态。

老公的工作接下来会怎么样,完全无法预料。母亲虽然克服了重病,但经常卧病在床,也让爱美感到非常不安。要操心的事情太多,爱美总是心绪不宁,难以入睡。即使根据医嘱买了市面上常见的安眠药,还是没有什么效果。虽然自己也知道应该去专门的心理科让医生看一下,但是一想到万一在医院里被感染了新型肺炎就不好办了,所以很难付诸行动。在紧急事态宣言发布之前,母亲就住院了。而医院为了防疫,完全禁止探视。要是母亲有个三长两短,连她最后一程都送不了吗?爱美每天都挣扎在随时可能和亲人死别的阴影中。丈夫工作的餐厅也进入了长期停业的状态。在这种境地中,爱美当然不可能保持平静。

那段时间，爱美突然长出了许多白发，每天都顶着个黑眼圈。虽然在家远程办公，她并不在乎自己的外貌如何，但是疲惫的面相会被孩子发现，会给优斗幼小的心灵带去很大的打击。每次一想到这个，她就觉得很痛苦。

幸好母亲没有染上新型肺炎，治疗也很顺利。母亲出院后，继续往返于家和医院接受门诊治疗。爱美虽得以稍稍喘息，但总觉得内心某处像被绑架了似的，很难掉以轻心。似乎是在漆黑一片中走着钢丝，稍微一晃悠，就会坠入万丈深渊。身边的大人处于这种心理状态，孩子不可能感受不到。

这么想来，优斗自幼就是一个敏感的孩子，很容易被周遭的环境影响产生情绪上的波动。还是幼儿的时候，看到爱美因疲劳而少言寡语，就会撒着娇问她"要不要紧？"如果因大人连续加班导致保姆看孩子的日子变多，优斗就会尿床。虽然现在几乎没有关于疫情的报道了，但是只要爱美因为打扫浴室或者去阳台干活稍微看不见一会儿人影，优斗就会非常狼狈地四处寻找。都是我的错……爱美心想。

最近的爱美，一想到优斗的事就心痛。

这孩子虽然上学了，但其实在那里过得并不快乐。问他学校里的事时，很少听他提起朋友的名字。很有可能，他总是一人枯坐在教室里。

全职工作的爱美认识的其他家长朋友很少，但是在孩子上幼儿园的时候，曾和几个孩子的妈妈关系处得不错，也会难得碰面聊个天。

现在这些人的孩子已经在不同的小学上学了。每次听她们讲自己家的孩子正在棒球俱乐部努力练习，或者考虑让孩子上私教这种话，爱美都有一种被远远甩在身后的感觉。

什么棒球、私教，爱美的孩子还远没到这个阶段。

她甚至担心万一有天孩子提出不想去学校该怎么办。即便让孩子不安的原因在于自己，但还是希望孩子变得坚强些。

最近爱美尽量争取早回家，也和公司的下属说尽可能不要在九点以后打电话。在儿子状态不太稳定的阶段，爱美希望一切以他们为主。

爱美和麻衣打完电话就和优斗一起回到了卧室。优斗紧紧拥抱着爱美。似乎是要把爱美全身的味道都吸进鼻子似的，优斗整个身体缩成一团。

每次她要抱小一岁的春斗时，孩子总会嫌热逃跑。但与此相对，优斗却异常喜欢肌肤接触。兄弟俩的这种差异，常常让爱美感到不安。

春斗有时会提出和朋友一起坐公交车去足球学校，而不去课后托管班。但对于胆小又没有朋友的优斗，这种情况完全没有。所以优斗的兴趣班都会放在爱美可以接送的周六和周日。而在工作日，优斗则会待在课后托管班。

优斗拽着爱美的手腕总算睡着了，还翻身换了个姿势。

爱美从身体两侧，听到了孩子们香甜的轻鼾。

要不自己也这么睡吧。

本来还想边等丈夫边查看电脑邮件来着，但是如果现在起身，优斗也许又会醒过来。怎么说呢，爱美觉得自己已经没有起来的力气了。

只要一上班就会有各种杂务，在家远程办公时也是会议满档，她清楚日常的疲劳正在身体里一天天积累。

爱美隐约忆起，当在工作和家务的多重重担中感到难以承受时，就会像泄了气的皮球一样，选择吞云吐雾。

结果在某一天，如往常一样散步的过程中，优斗突然问她："妈妈你会抽烟吗？"

那会儿疫情爆炸性扩散，由于防控，旅行和外出都受到了限制，偶尔的奢侈就是去公园散步。第一次从孩子的口中听到"抽烟"两个字，爱美吓了一跳，但是故作镇定地问道："怎么了？"

"没什么……"优斗言语含糊。

之前家里人一起看了个新闻，那里面说，有肺部宿疾的人，新型肺炎的症状容易加重。电视上还危言耸听地说有可能会致死。优斗的疑问是不是来自这里，爱美并不知道。小学生能理解抽烟和肺病的因果关系吗？还是说，从其他什么人那里听来的？虽然爱美一直很小心，但还是被优斗看到过一次抽烟。本以为孩子会很快忘掉，但原来优斗幼小的心灵中一直藏着疑问。

"已经不抽了。"虽然,爱美前天才抽过。

"嗯。"优斗应声。

"不会抽烟的哦。"爱美又重复了一次。

自那以后,爱美不再抽烟了。现在已经过去两年了。不管是育儿还是工作,都在慢慢地发生改变。虽然压力一直很大,但爱美觉得自己最明显的变化,就是戒掉了抽烟的习惯。

麻衣的事,简单来说,就是"想见面"。

老实说,爱美觉得这种程度的事情,手机上发个消息不就好了。但是话说回来,之前已经断断续续地发了不少,只是一直没能定下见面的日子。

而且麻衣有恩于她,不可草草了事。

紧急事态宣言刚出来的那阵子,餐饮店接连停业。老公负责运营的店也不例外,依次解雇了零工与派遣员工。虽然给正式员工支付了基本工资,但是前途未卜的不安依然无法消除。虽然餐厅歇业,但是由于人力减少,丈夫留在了公司,承担起总务、人事等各种各样的杂务,每天满脸憔悴地对着电脑工作。等疫情进一步加剧的时候,政府发布了第二次紧急事态宣言。餐饮业受到了更加严格的限制。看到笑容从丈夫的脸上消失,爱美非常心疼。她算了算存款余额,又拿出了存给孩子们的教育金储蓄单据……为了今后的生活,爱美做了各种各样的打算。

看到每天长吁短叹的丈夫,爱美请求麻衣帮忙做点什么,后来麻衣在自己的视频里宣传了丈夫餐厅的产品。

那期剪辑精良的视频,现在播放量已经快破万了,评论区里很多人都留下了"想买""想做做看"的好评。

虽然并没有她和麻衣说的产品的销量有了"大幅增长",但是她听丈夫说那个视频发布后销量的确紧跟着增长了。对于麻衣能够无偿做到这种地步,爱美心存感激,的确想当面和她道谢。

但真不是借口,她实在忙得没有办法。因此一直没能定下见面的日期。

爱美不知道该如何跟麻衣解释这种忙碌。没有工作的时候,她想尽可能多地陪伴孩子。她觉得麻衣没有理解她这种心态。优斗的焦虑症,即便到了小学三年级还要抱着母亲睡,诸如此类,她不知道该如何解释给没有孩子的麻衣听。

一想到得挤出时间和麻衣见面,爱美就不禁叹息。并不是不想见面,甚至她超级想见麻衣,但是这一声叹息到底是为了什么呢?

应该就是累了吧,爱美心想。

在菜菜家开家居派对的那会儿,她还没有这么忙。

突然开始忙起来是因为"咕嘟咕嘟"的大火。契机是某档新闻娱乐节目策划了一个专题,旨在提高家庭主妇因餐饮店普遍停业而不得不自己做饭时的生活品质，其中就包括了对食谱网站和烹饪应用程序的介绍。在这个介绍中，出现了"咕嘟咕嘟"。

恰巧担任节目嘉宾的女演员说"这个很不错哦，我也在用。"

她的介绍起到了巨大的作用。后来听说，女演员的发言对于节目工作人员来说也很意外。她似乎真的喜欢用"咕嘟咕嘟"，甚至在女性杂志的采访中也推荐了"咕嘟咕嘟"。

由于这件事的推动，"咕嘟咕嘟"的注册用户数量急剧增长。随之而来，"咕嘟咕嘟"关联的公司产品的销售量也上升了。

"真是撞大运了。"不久前被晋升为科长的坂东说道。

他把爱美介绍给了他的客户，还提出了大量与"咕嘟咕嘟"相关的企划。

出于同期的情分，爱美尽可能地协助了坂东。网上会议变多，也经常调整日程安排。事实上，坂东提出的企划中有许多有趣的内容。与坂东的客户一起合作，限期销售的"咕嘟咕嘟"套餐企划非常受欢迎，现在也在持续售卖中。

提出合作企划的不只有坂东。公司各部门的员工开始重新审视工作的方式，想要利用"咕嘟咕嘟"来为自己的业务带来活力，于是向爱美表达了合作的意愿。

其中，甚至有单独为"咕嘟咕嘟"打电视广告的提案。

虽是深夜时段，但向之前的那位女演员提出邀约后，成功实现了。

这一系列的发展让爱美非常惊讶。在疫情扩大之前，"咕嘟咕嘟"并不是公司最重要的项目，更像是为公司网站锦上添花的一个存在。对于其单独创造的销售额，公司也没有什么期待。然而，随着居家隔离生活的开始，像"咕嘟咕嘟"这样的应用正好迎合了人们想要自己做饭的需求，相对于丈夫所在餐饮业的步履维艰，"咕嘟咕嘟"则走上了成功之路。

在爱美注意到的时候，"咕嘟咕嘟"的预算翻倍，团队编制也进行了调整。去年九月，"咕嘟咕嘟"企划科升级为一个独立的部门。爱美被任命为"科长兼总制作人"，坂东说这头衔酷得很。而大原则以兼任的方式担任了这个部门的部长。

虽然很多人都向爱美表示了祝贺，但实际上，爱美心里对此有些不舒服。她觉得该当部长的人应该是自己而不是大原。

爱美认为自己晋升才合理，是因为她想把和自己一起创立"咕嘟咕嘟"小一岁的下属提升为科长。

环顾四周，不仅坂东，小西和拓也也在这两年晋升为了科长一类的职位。在这个公司，三十到三十五岁期间就成为科长或者科长代理是很一般的升迁路径。尽管爱美提前成为了科长，但他们也顺理成章地赶了上来。

另一方面，尽管爱美的下属是"咕嘟咕嘟"的重要贡献者之一，但她却停留在了比科长代理低一级的主任职位。爱美怀疑，下属升迁暂缓，原因在于其为女性。也许是她想得太多吧，总觉得公司的决策层认为出头的女员工一个就够了，所以任意做了调整。

在人事调整前的面谈中，爱美向大原极力诉说了自己下属的活跃表现，大原看起来也理解了。可是，今年三十二岁的下属还是没有得到晋升。而她的同期中，已经有不少人成功当了科长。

说到女性，同期中，菜菜的晋升也被搁置了。

而且她被公司从管理部调到了客服中心，这显然是一种降职。但表面上，这是公司对于她的一种关怀，考虑到菜菜第一次怀孕，刚休完产假和育儿假重回职场。但对于公司的安排，菜菜作何感想，爱美不得而知，所以其实很想有机会能和她聊聊。

爱美偶尔会听坂东提起拓也的事。像是"菜菜经常生拓也的气""拓也在菜菜面前总是抬不起头""压力很大"，都是站在拓也的视角。

"就连菜菜，生了孩子后，性格也变强硬了。"坂东歪头看着爱美，似乎是想得到她的一些反馈。

"菜菜这样生气，会不会是拓也的原因？"爱美答道。

"不是的，那家伙结婚后可正经了不少哦。总是说菜菜'好可怕''好可怕'。"听坂东的语气，他很支持伙伴。

"嗯。"

菜菜的大大咧咧，喜欢照顾人的个性，爱美是知道的，所以坂东说的话实在难以置信。

刚进公司时，同期小姐妹经常在菜菜的公寓聚会，那会儿吵吵嚷嚷地给她添了不少麻烦，但菜菜总是笑意盈盈的，毫无怨言。而且总会麻利地准备好下酒菜，若无其事地端给大家。明明工厂实习已经很累了，但她总是独自站在厨房忙碌。一开始爱美和同期们还有点儿拘谨，但渐渐地就理所当然地接受了她的好意，还给她的公寓取了个"菜菜居酒屋"的昵称。而菜菜对此开心地照单全收了。

不愧是发自内心热爱烹饪的人，才会到食品公司工作。爱美对菜菜满是欣赏和艳羡。相较于为了尽可能偷懒而策划出"咕嘟咕嘟"的自己，菜菜从心底里喜欢亲手做菜款待客人。一想到她没有办法参与商品开发，而必须一直接客服电话，爱美的心就难以克制地疼痛，同时她对于公司不能知人善用，也觉得很心焦。

怎么说呢，菜菜更像是"被人予取予求"的类型。虽然这样看待朋友显得有些傲慢，但是在菜菜的身边，爱美常常会觉得不安。因为菜菜太过善良，总是不惜把自己的时间和努力奉献给别人。然而，这个世界上并非所有人都会珍重她。故作天真地请求帮忙，佯装不知地掠夺资源，毫无罪恶感地做着这些的，大有人在。

菜菜不可能因为生个孩子就性情大变。如果她突然变得尖锐不易亲近,原因肯定在拓也身上。

菜菜还好吗?

真正懂得她的好,就得好好支持她。对于爱美来说,这近乎是一种使命。

不光是菜菜和拓也的关系。公司也是的,怎么就不能实现菜菜那澄澈美好的愿望呢。善用菜菜这样的员工,不也有利于公司吗?和爱美认为一起开发"咕嘟咕嘟"的下属在公司也应该得到恰当的职级一样,所有这些想法在底层逻辑上都是深刻相关的。

爱美希望自己能变得更有力量,更加坚强,

能好好发声说出自己的意见,并得到切实的认可和执行。

不光是为了自己,也是为了自己想要支持的人。

With...

板仓麻衣 冈崎彩子
江原爱美 三芳菜菜

今年的梅雨季,仿佛施舍般地零星下过几次雨。

短暂的梅雨季节一晃而过,异常的酷暑接踵而至。正当人们觉得这世界是不是热得快要完蛋时,剧烈的台风却在七月早早登陆,硕大的雨滴豪迈地冲刷着大街小巷。

今早的新闻报道了新型肺炎患者再一次显著增长,但麻衣觉得外面的世界已经不会再回到那个让人坐立不安的居家隔离时代了。

之前时隔好久和大学的朋友聚会,开始前大家说好是戴口罩参加的,但是摘掉口罩,吃了一口两口聊起来之后,大家就你呼我应地越聊越嗨,结果谁都不在意戴不戴口罩的事了。

说起来,同龄朋友中,有的人孩子刚参加完小学入学考试。对于单身的麻衣来说,很难想象生活里有一个上小学的孩子。

"是那么大的小孩吧……"

坐电车的时候,麻衣望向坐在她对面的一对母子。正是七月中下旬，应该快到暑假了。麻衣依稀想起学生时代的节假日。

"有河！有一条大河！"男孩对身旁的母亲说道。

电车驶过宽阔的河流，麻衣看着车窗外越来越多的绿色。

对于几乎没离开过东京都心的父母家及周边生活圈的麻衣来说，如果不是旅行，肯定不会坐这么长时间的车，也不会去到郊外的城市。今天她在家附近有名的店里买了蛋糕卷，正在赶往爱美的家。爱美因为工作和家务忙得不可开交，所以这个下午是麻衣好不容易才让她挤出来的。爱美又问了菜菜和彩子，俩人都说能出来聚聚。

到了站，菜菜和爱美已经在检票处等着了。说着不好意思迟到了，麻衣和大家会合在一起。

"小树！"菜菜喊着不远处的小男孩。背着背包的小男孩突然像炮弹一样直冲冲跑向菜菜。菜菜一跟他说"不要离太远"，小男孩马上回答"知道啦！"，但再一次跑向远处，又咚咚咚折返回来，循环往复，不知疲倦。偶尔也会跟菜菜说话："妈妈，乘公交车吗？""那是什么啊？"但完全不听菜菜的答复，转眼又不知跑去哪儿。以前看到这样的小孩子，麻衣会觉得很麻烦。但是现在觉得这种无法预料的行为也挺有意思，而且对孩子眼中的世界产生了一丝好奇。麻衣感觉自己内心正慢慢萌发某种变化。

"好有活力啊，小树！"爱美说道。

"真不好意思。这孩子总是很吵……也不知道今天要不要紧。"菜菜担心地皱着眉。

"你要是来我家，可以玩哥哥们的玩具哦，还能看动画片！"

"他呀，什么都会给你破坏掉，真叫人操心。"

"哎呀，原来小树是个小捣蛋呀。"

听着菜菜和爱美的交谈，下一班车到站，彩子出现了。

也不知道是何时，彩子和麻衣的同期小西订婚了。刚听到的时候，麻衣非常惊讶，人会在什么地方和谁相遇，一切都难以预料。

其实麻衣在疫情前也曾短暂地相过亲。那会儿她自圆其说是为了网络报道搜集素材，尝试着登录过几个交友软件，其中有一些是以加入会员为条件的正儿八经的相亲软件。

通过那些软件，有一段时间麻衣见了很多男人，最终导致她完全放弃了相亲。不对，与其说是放弃，不如说是"看透了"。

通常和麻衣第一次见面后，这些男人无一例外地都会提出想要再见面，或者以结婚为前提交往。但是，麻衣对这些男人，都没有"想要再见一次"的想法，自然也就拒绝了所有的请求。

麻衣依稀记得，跟这些男人第一次见面时，对方都会一个劲儿推销自己，内容五花八门。有人隐晦地透露自己的职位和年薪，也有人对家庭和睦、友情牢靠感到自豪。另外一些会讲述自己的兴趣和特长，其中也会有人倾诉自己的弱点。

他们都想让麻衣知道自己是多么适合她。有的会弄巧成拙，说出"其实我是想找二十来岁女朋友的，但若是麻衣小姐的话，我也完全没问题。"这种神经大条并不会让麻衣在意。

问题在于，不管是喝着星巴克的咖啡，还是吃着法式套餐，男人们对于麻衣的谈话都令人吃惊地毫不用心。

一旦看到麻衣精心装扮的容颜，外加得知年龄、毕业学校、履历等表面信息后，他们都会非常满意。特别是当知道她和父母一起居住的公寓是在东京都的一等地段，父亲是大企业的重要董事后，似乎一切必要的考察就都结束了。也有人会问休息日怎么过，喜欢什么电影之类的固定问题，但一旦麻衣回答了一些无关痛痒的内容后，他们就不会再进一步深问了。

对于麻衣心中隐藏的野心、想抹杀但还是会生出的焦虑和不安、看到美好的事物自然而然地感动并想向某人倾诉的愿望……没有任何人显示出兴趣。当然也可能是因为第一次见面，话题聊不到那么深入。但麻衣觉得，如果现在就对她的内在毫无兴趣，那可能终其一生都会如此。

每次和男人们见面，麻衣都觉得自己像个女招待。和女招待不同的是，不管听对方说多少话，一分钱都拿不到。虽然麻衣没有刻意为之，但变得越来越擅长倾听男人们的发言，总会在恰当的时候"哎呀""嗯呐"地随声附和。于是，不管是银行职员还是公务员，抑或是医生及教师，就会得意忘形地长篇大论，滔滔不绝。

麻衣有感而发地写了一篇《相亲应用百连战，男士个个不闻言》的文章。虽然假装采访了相亲市场上的女子，其实就是在专栏里发表了一下自己的体验。这篇文字看的人并不多，而且还遭遇了"本来女人的话就无聊""女人对男人总是要求太多"之类的恶评。

麻衣觉得，对于男人来说，哪怕只是泛泛而谈，来自女人的质疑都是不可接受的。那么自己到底有没有必要，和这些男人中的一个结婚呢？

自己将来也许会继承父母持有的不动产、股票和证券。即便交了税，应该也可以经济无忧地独自生活到老。虽说是恃宠而骄，但也是一种权利。

当然，如果将来遇到心有灵犀、可以一生相依的另一半，也许她的想法会改变。但就目前而言，麻衣没有男人的生活已经非常充实。哪怕以后遇到一个自己觉得可以在一起的人，也不会特意去改变户籍。她已经过了对婚姻抱有期待的年纪。

但若要说有一个她还没有放弃的梦想，就是对孩子的渴望。虽然以前从未想过，也毫无兴趣，但是最近，麻衣会思考，养育孩子是怎么一回事。也许是因为她看到了大学的朋友，以及爱美、菜菜等同期们作为母亲的一面。她曾以可能作为专栏素材为由，查找和探索过精子银行和冻卵。最近麻衣还考虑过领养孩子。

对于麻衣来说，若保持单身，她未来最应该考虑的是双亲的养老问题，所以这些突发奇想离她的生活还有一定距离。但是在麻衣的内心深处，很想珍惜自己母性的本能。

但现在麻衣考虑的是，怎样做到没有男人也可以把人生过得很精彩。

"哇！Mai 小姐！"彩子从检票口出来后一看到麻衣，眼里放着光。

"我一直在看你的 Vlog！"

"欸？真的吗？"看到彩子望着自己的表情像是女大学生在看学姐，麻衣有点儿不好意思。

"你的 Vlog 给人感觉特别好，内容也很有意思，我非常喜欢！"彩子说道。

说起来，彩子在参加菜菜的家居派对时就一个劲儿地夸麻衣。那个时候麻衣觉得彩子天花乱坠的夸奖有点儿太过轻飘，其实并不太受用。但是现在听着觉得很开心，觉得彩子直爽的性格非常美好。和记忆中那些以为只要夸赞可爱漂亮就能把女孩弄到手的男人相比，来自同性的夸奖更为纯粹和友善。

原来小西喜欢的是这样的女孩子啊！麻衣看着彩子，觉得她闪闪发亮。

"Vlog 是什么？"听到麻衣和彩子的对话，菜菜问道。

"是 Video Log，就是视频博客的意思。"麻衣答道。

"麻衣现在可是网红哦。她的粉丝人数很多，之前我老公餐厅的商品被麻衣介绍后，一下子就人气爆棚了！"爱美解说道。

"太厉害了吧！""果然是网红！"场面一下子热闹起来。

"我是用这个拍摄的。"

麻衣打了个招呼后，就拿出了平时拍摄用的单反相机。相机上带着自拍杆，麻衣一边从脖子往下拍摄着四个人，一边向前走。这个拍摄因为提前沟通过，所以大家都很自然地接受了。

"声音不会录到吧？"爱美确认道。

"是的，声音不会录到，也会模糊掉背景，让别人看不出来是哪个地方。但是会拍摄脖子以下的部分，这个大家可以接受吗？"

"只要不拍到脸就没问题。"

麻衣打算把自己的一星期收录到视频中。"去小姐妹家玩"则是这个星期特辑中非常美好的一个章节。

"怎么说呢，我觉得这样和大家边走边聊好新鲜啊。因为平时都是和孩子一起的。"话音刚落，菜菜又一边喊着"哎呀，小树别乱跑！"一边追了出去。

"可以拍小树的背影吗？"

"可以啊。但是这种拍了能用吗？"

"岂止是能用啊，他的背包太可爱了！啊，彩子，你稍微靠过来一些好吗?"

"好的。"彩子应声后,和麻衣手腕靠手腕地碰到了一起,瞬间传来了一阵芳香。麻衣一下子反应过来,特别开心——原来她还在用我送的香水呢!

"不敢相信自己竟然能在 Mai 的 Vlog 里出镜。为了今天,我特意买了新衣服。"

拍摄的时候彩子似乎有点儿夹子音,那个样子也非常可爱。

"你这已经是粉丝了。"菜菜调侃道。

"就是粉丝啊!"彩子答道。

麻衣觉得彩子的气场变了很多。第一次见面的时候以为她是表里不一爱耍小聪明的人,但是这一次,能感觉到她特别朴实和纯粹。

也许变的不是彩子,而是自己吧,麻衣心想。也许过去的自己,没有体贴地关注过别人的优点。

"谢谢!素材拍了不少呢!"

麻衣确认完拍摄好的视频后,关掉了相机。

虽然已经说了既不拍脸,也不会录音,但是大家看起来还是有点儿紧张。相机一关掉后,三个人的表情马上松弛下来。

在去往自己家的路上,爱美和麻衣边走边聊。因为麻衣的介绍,老公餐厅的商品销售上涨;麻衣视频的品味很好,音乐也很好听……菜菜则是当场申请账号关注了麻衣的主页。

从车站步行十分钟就到了爱美的家,是一个带着小车库的一户建。算是那种前面窄,纵深长的狭小房型吧。车库里没有停车,而是摆满了塑料桶、枯掉的盆栽、自行车以及滑板车之类的杂物,那些看似从家具建材超市买来的小摆件也都生了锈,内侧狭长的庭院也是杂草丛生,几乎荒废了。

"请进吧。"爱美打开了门。

玄关里散落着孩子们的鞋。来之前爱美提前打招呼说"家里有点儿乱",麻衣觉得这并不是客套。走廊里还掉落着一个迷你玩具车,爱美默不作声地收起来塞进了口袋。看来带孩子是真的不容易,麻衣心想。

"打扰了。"三人脱下鞋子,几乎同时,走廊另一头的两个男孩噔噔蹬地跑了过来。

"这是优斗和春斗。快跟大家问好。"在爱美的催促中,男孩们扭扭捏捏地问了好,那可爱的样子让大家不禁相视而笑。

"他是小树,请多关照哦。"菜菜把自己的孩子介绍给他们。

"几岁啊?"

"三岁。"

"嗯。"

"优斗、春斗，带小树一起好好玩哦。"

"那个，妈妈，可以玩游戏吗？"

"有三岁孩子也能玩的游戏吗？"

听到了爱美的提问，两个男孩子回答了游戏的名字。爱美答应后，递给他们一个便携式游戏机。小树似乎对爱美两个孩子拿出的游戏机很感兴趣，很自然地离开菜菜去了儿童房。

"最近他俩老是玩游戏。"和在公司的那种紧绷完全不同，此时的爱美一脸苦笑。而菜菜则是带着一丝担忧，目送着儿子跟着两个哥哥走开。此时的她们，都是麻衣不曾见过的样子。

"我去泡咖啡哦。"爱美来到厨房。餐桌周围紧邻着四张椅子，其中两张是儿童椅。彩子和菜菜各自拿出了果冻和曲奇，摊开在客厅的桌子上。菜菜甚至带来了纸盘，麻利地摆起来。麻衣则是绕到厨房，把蛋糕卷作为礼物递给了爱美。当她看到午餐吃剩的餐盘还在水槽里的时候，觉得有点儿不自在。虽然自己带来的蛋糕卷是在很有名的店里购买的，外观特别可爱，味道也非常好，但是这种场合，是不是不应该带这种还需要在厨房切分的食物呢。像彩子和菜菜带来的分装小甜品，会不会更好。

爱美把砧板拿到了客厅的餐桌，在上面轻巧地切了起来。看到切开的可爱蛋糕卷，菜菜和彩子一阵欢呼，麻衣觉得这个礼物还是选对了。爱美很快就泡好了咖啡，而且还不忘去儿童房送点心。那种利索和能干，比起同期中最早脱颖而出的事业女性,倒更有点儿像是组织妈妈同乐会的麻利主妇。聪明的人果然干什么都快,麻衣心想。儿童房听起来有点儿吵,但是年龄不同的三个孩子一起玩得还不错。虽然菜菜的孩子时不时会跑出来,但是一旦爱美的孩子过来叫,就又屁颠屁颠地跑回去。

"小彩,你和小西订婚了吧。虽然说过,不过还是要好好恭喜你!"尝过一遍点心后,爱美对彩子说道。

"啊,对对对,我真的惊到了。你和小西处得怎么样?"

麻衣再一次感觉到,自那次家居派对以后,彩子的人生有了切实的转变。

"怎么说呢……"彩子扭扭捏捏地害羞一番后,开心地说道,"我俩相处得挺好的。"

"那很好啊!""真的吗,恭喜!""既然对方是小西,那没什么可担心的!"听到彩子的答复后,麻衣她们个个雀跃不已。

"……那时候我这个派遣员工突然被裁了……"彩子说话的时候,麻衣观察了她的表情。看起来还算开朗,语调也有点儿撒娇似的含糊,让人怜爱。这让麻衣松了一口气,觉得彩子口中的"被裁了"不是多么严重的事。

但谁知,彩子维持着那个明朗的表情继续说道:"所以有一阵儿我钻牛角尖,觉得自己再这样下去估计活不成,脑子都快不正常了。就是那个时候,小西问我要不要一起住。"

三人顿时沉默。

——有一阵儿我钻牛角尖，觉得自己再这样下去估计活不成。

彩子若无其事的发言，仿佛滞留在了餐桌上。

"那时候肯定很不容易吧。我在的那个部门，也有一个打零工的孩子辞职了。应该是觉得待不下去了……"爱美关心地说道。

爱美略微沉重的口吻，让麻衣感受到彩子当时的处境比自己想象的要艰难得多。看着把一切都说开了的彩子流露着微笑，麻衣也不自觉地尴尬笑了起来，但其实，整个事情一点儿也不好笑。

"我也知道这是没有办法的事。是我自己选择来到了这么一个世界。我也从来没有觉得是公司或者其他员工不好。"彩子答道。

"这个怎么说呢，和一直工作在一起的人说不续签合同的话，真的很影响公司的信用。"爱美抱歉地说道。

"与其说是'突然'，"彩子犹豫着措辞，稍微沉默了一会儿，继续说道，"其实表面上来看，就是到期不续约，所以法理上公司是没有任何问题的。只是，我跟公司签约的时候，派遣方说的是这家公司不会停止续签派遣合同，所以被派遣到这家公司的员工都是抱着这个打算来工作的。其实如果没有什么意外，也的确是如此。但是，谁承想发生了罕见的特殊情况，公司选择了防守措施，而首当其冲被抛弃的自然就是派遣员工。我是那个时候才突然意识到这一点的。"

"原来是这样。"

"本来，派遣员工就是为了便于公司灵活调整雇佣才存在的。"

"调整雇佣……"麻衣在心里反复咀嚼着这个表达。

"彩子帮了我们不少忙啊！"菜菜难以遏制心中怒火般说道。

"谢谢！我有帮到忙吗？说实话，我很喜欢这家公司，心里是不想辞职的。不过啊，现在我正准备资格考试。虽然可能会花很长一段时间，但是以后会用这个资格去工作的。"

听到彩子的话，菜菜满眼泪花，她泫然泪下的样子让麻衣大为感动。虽然对菜菜说的"彩子帮了我们不少忙"有一些疑问，但是大家都知道她质朴的话语里全是真心。因为她的表达虽然别扭，但是其真挚的品格已经超越语言满满地呈现在了大家的面前。

正这么想着，"我其实调到客服中心后薪水下降了。"菜菜的话让麻衣有点儿扫兴，因为她觉得这件事其实没有必要特意在这个时候说。虽然菜菜也许是为了迎合彩子才说的，但是彩子毕竟也不想被正式员工的菜菜同情吧。

但是菜菜继续说道："因为觉得丢人，不敢跟任何一个同期提自己被降薪的事。所以现在是我第一次把这件事情说出来。"

"原来是这样……"爱美轻声叹息。

"不要说是同期，就连拓也我都没说。拓也已经当上科长了。爱美呢，本来就很厉害……真的很厉害！爱美可是'咕嘟咕嘟'的总制作人呢。"菜菜说道。

"'咕嘟咕嘟'我知道，几乎每天都在用，特别方便！"彩子说道。

"对吧！"菜菜像是对待自己的事情一样特别高兴。

"和爱美相比，我就不值一提了。薪水完全比不了，但也是没有办法的事情。"菜菜自嘲道。

"没有的事。你不是不能全力以赴地去工作嘛，毕竟小树年纪也还小。"爱美说道。

"唉，但是爱美即便带着两个孩子也在全力以赴地工作啊。可是我这种人，光是家务活就精疲力竭了。"菜菜回答道。

"菜菜，我们家孩子小的时候，我也总是累得晕头转向。不过，倒没有像你这样精疲力竭。因为早上的时候，我老公会把孩子的活都做好，再送去幼儿园。如果孩子感冒了，父母会替我去接孩子。另外还会找保姆来做家务带孩子，虽然费用很高，但是我老公完全不在意这方面的花销。虽然也有可能是因为当时是我们双职工共同买的房子，所以我老公从来不会说'要不别干了''要不请假'之类的话，而是想办法分担家务。

在我们家，这些事情一起做是理所当然的。但是菜菜家怎么样？拓也，是不是什么都不干？"爱美突然不由分说地问道。

菜菜稍微沉默了一会儿，然后死了心似的笑道："是的，什么都不干。"接着说，"我还没和麻衣跟彩子说。收到今天聚会邀请的时候，我其实有事想和爱美商量。我……正在考虑离婚。"

"已经决定了吗？"听到彩子的提问，菜菜点了头。

"……发生了什么事吗？"麻衣问菜菜。

"精神暴力……"菜菜简短地回答。

"欸？"麻衣出声后，注意到边上的彩子倒吸了一口气。彩子保持着沉默，而麻衣接着说道，"这可不得了，怎么会这样！"虽然她表现得很吃惊，但内心深处似乎对此早有预料。

拓也和麻衣在一起的时候，可以说是个绅士。但如果他看不起对方，言语上就会很傲慢，再加上他自尊心比较强，的确有一些让人觉得危险的地方。

回想之前，麻衣记忆中模糊的碎片勾勒出拓也的形象。

是什么时候的事呢……对了，是一起打车的时候，拓也对不认路的司机火冒三丈，说了些让人非常不舒服的话。是什么来着……当时自己听了都觉得他说得太过了。麻衣那个时候也对开错路的司机感到恼火，想着让对方便宜些车费来着，但是拓也的说法有点儿过头了。

面对餐厅店员的时候也有类似的事。当时麻衣不由得疑惑，怎么会那样说话？不是普通的提醒，也不是孩子气的发火，而是一种蔑视，瞧不起人的说法。

想起来了，当时拓也说的是"你工作认真点！"。

那个有些年纪的司机，也许是还没熟悉路况的缘故，开错了路，看得出他非常焦急和为难。

对着这样一个连说对不起的司机，二十几岁的年轻人毫不客气地扔出一句"你工作认真点！"。

精神暴力……

那家伙就是这样伤害菜菜的吧。肯定是做到了相当的程度。麻衣心中确信。

"我已经坚持不下去了。"菜菜苦笑着，故作坚强地扬起嘴角，但眼中泪花晶莹。

"孩子的监护权，一定要拿到。"麻衣一脸严肃地说道。

菜菜表情凝固，认真地说道："我明白。"

听到精神暴力几个字时，彩子一阵心惊，心想绝不能让熟悉小西的三个人觉察到自己的紧张。

"发生了什么样的事？"麻衣问道。

"一件件说的话根本说不完，主要是每天都在拼命地努力不让他生气，对此我已经感到疲倦了。"菜菜答道。

"那家伙到底怎么回事！"麻衣对菜菜的老公气愤不已。"肯定很痛苦吧……"爱美贴近了菜菜。两个人都由衷地关心着菜菜。

彩子虽然也想说一些体贴的话,却什么也想不出来。准确地说,不是想不起来,而是在拼命努力不让周围人觉察到自己的紧张。明明自己马上就要结婚了,也获得了大家那么多的祝福,可是一想到自己也可能遭遇类似的精神暴力,就觉得有点儿受打击。

彩子开始在脑海里拼命地为小西做各种辩解。他是绝对不会做这种事的。为什么?因为他那么温和沉稳,而且在自己最最困难的时候伸出了援手。此外,他情绪也很稳定,和菜菜的老公是完全不同的人。

即便如此,"精神暴力"这个词,还是让彩子有点儿在意。菜菜的老公,到底是一个什么样的人呢?

虽然年龄一样,但只有彩子一个人和大家不是同期,所以并不知道拓也和菜菜是怎么变得亲近的。但是,上次让菜菜和拓也来家里做客才过去半年左右,彩子觉得,也许在三年前的聚会以后,近距离看到菜菜夫妇实际相处情况的只有自己。

那天,菜菜和拓也在彩子公寓外面的走廊上起了争执。当时只觉得是夫妻间的一点儿口角,但现在知道了菜菜有离婚的想法,回想当时听到的对话,觉得非常冷酷。彩子还记得另外一个片段,当拓也笑嘻嘻地说着夫妻间的相处趣事时,菜菜的表情。当时觉得菜菜的反应有点儿过于冷淡了,因为她面无表情,也没有和拓也对视。

这件事情让彩子很纳闷,两个人走后,她向小西询问了对拓也的感受。当时小西的回答也让她无法忘怀。

——帅是帅，但人家可是有妇之夫哦，你不是知道的吗。
——因为以前我们部门的那个派遣员工曾让我帮她从中牵线来着。

当时小西是以半开玩笑略带自卑的语气说这些话的。

难以忘记这些话是因为自己印象中的小西是不会在意同性容貌，以及受不受欢迎的，因为他觉得这些事情不重要。不光如此，对于小西完全没有注意到当时菜菜和拓也之间那种紧张的氛围，彩子也非常吃惊。在小西的眼中，应该从来没有过菜菜的视角吧，彩子心想。

小西拯救了自己是事实，这份恩情不能忘，彩子一直都这么认为。

但另一方面，她内心有一丝十分微小的恐惧——害怕自己是因为这份恩情而结婚。

这份恐惧，此刻正让她的内心焦虑不安。

"……因为我不知道该怎么办，所以在网上查了能给离婚提供建议的律师事务所，然后打去了咨询电话。确认费用后，姑且听了听律师的说法。"菜菜说道。

"那很厉害啊！"麻衣看似兴致勃勃地探出了身。

"律师跟我说，可以顺利离婚的条件是非常有限的。必须是，某一方出轨或者生病这类难以持续婚姻生活的理由，而像我和拓也的'性格不合'很难作为离婚的理由。"

"啊，那个，我在文章里写过的。"

"欸？是吗？要是你这么清楚，我就找你商量了！"

"没有啦，只是随便写写的文章，我其实没有那么了解。不过你的行动力真的很强。看来是真的已经到了'难以容忍'的地步了。"

"与其说是难以容忍，倒不如说是变得害怕了。"

"变得害怕？"

听到麻衣的疑问后，菜菜一时间不知道如何解释，眼神有点儿游移，但马上接着说道："他会否认自己前一秒做过的事情。"

"欸？太可怕了！"

"嗯，非常可怕。而且这种事不是一次两次了。比方说，他朝我扔一个东西过来。也不是什么大的东西，就是纸片之类的，砸到了也不会受重伤，但的的确确是朝我扔了。扔完以后，又马上当作没发生过一样跟我说话……我也不知道怎么去解释这个场景，就是，他在讲话中会篡改刚才发生过的事情。"

"这可比我想象的严重多了。"麻衣皱眉说道。

"还有很多其他的事。让我觉得，啊，原来这个人，为了把自己当作好人，会篡改自己的记忆。我和律师讲了这个情况，律师告诉我，如果这种情况频繁出现，可以成为'难以持续婚姻生活的理由'。所以啊，我现在开始记日记了。"

"要是想留下证据的话，还是录音比较管用！手机不是有录音功能吗？等他回家后就开着，全部录下来。可能的话，最好再准备一支录音笔。如果不幸被对方发现，只要停掉一种录音方式，对方就会安心，言行上会更加肆无忌惮。这样一来，故意让对方发现第一个录音设备也是一个方法。"

麻衣的建议太具体了。说不定她写过这类文章。

"准备两个录音设备……这我倒没有想到。不过律师的确说过，留下录音会好一些。"

"一定要录音。回去的时候就买两支录音笔，一定要录音。"

"是啊。只是，我担心录音会不会太卑鄙了。"菜菜说道。彩子也是同样的感受。"故意让对方发现第一个录音设备"，太可怕了。

"卑鄙？大家都是这么干的。"麻衣坦然地答道。

"嗯。我关注了几个正在准备离婚的博主，明白录音很重要。不过，怎么说呢，我觉得自己的人生走到要做这种事情的地步，实在是不可思议。"说到这儿，菜菜似乎在想接下来该如何表达，目光游移。

"不可思议？"彩子不禁好奇，这个词莫名撞击了她的内心。

菜菜看着彩子说道："倒不是说不可思议，而是人生路上会发生些什么真的无法预料。虽然这话常常听说，但现在切身感受到了事实的确如此。"说完,她微微笑了。

"是啊,如果早知道结局是离婚,就没有人去结婚了。"爱美说道。

"是的。就是这个。我现在体会到这种努力有多苦涩。一方面,我清楚,为了分开必须要留下录音作为证据,另一方面,又觉得心里空落落的,不知道自己到底在干什么。这两种情绪我都有。"

"这样啊……"

"此外,追根溯源,之所以落到这个地步,也不光是他一个人的问题。我觉得自己也有一部分责任。每次我感到闷闷不乐的时候,一直选择忍气吞声,完全没有对他说过心中的真实想法。不管是新婚旅行的目的地、家里的室内设计,还是家务的分担、小树的教育方式,一直以来都是如此,我几乎没有表明过自己内心的真实想法,就是这种恶性循环才导致了现在这个结果。"

"啊,不敢相信,就因为这些觉得自己坏吗?"麻衣用责备的口吻说道,但菜菜还是很冷静。

"这个算是坏吗?我觉得一个人在别人面前表现出来的样子,其实就是平时别人如何对待他的反照。说白了,他现在的这个样子,是我造成的。"

"怎么可能!"麻衣说道。

"不是的,怎么说呢,我缺乏自信、想要避免冲突而怠慢他，这些都让他变成了现在这个样子。"

"怠慢？我觉得是温柔才对！"听到麻衣的措辞，菜菜微微摇了摇头。

"这不是温柔。我现在才理解，假装不在意就是一种怠慢。我没有做到自己应尽的努力。虽然明明知道自己一再被欺侮，但依旧选择了维持现状，原因是我觉得那样更省事一些。就是因为这种怕麻烦的怠慢，才导致我把他变成了现在这副模样。结果现在我却因为'难以容忍'而想要逃离。对此，我觉得自己有点儿不负责任。"

"菜菜，你不要这样想。"这一次是爱美斩钉截铁地出声劝解。

"并不是因为你的过度纵容才招来了精神暴力，而是不知感谢、加剧夫妻关系恶化的拓也有责任。他已经是成年人了，导致你单方面受到精神暴力的责任，不应该由你来承担。而且，你作为母亲所承受的痛苦，再过一段时间小树也会意识到。"

"就是的，对孩子的影响也不好。"听到爱美的分析，麻衣马上附和道。

彩子虽然完全赞同爱美的意见，但又觉得自己也直面了某个真相，突然觉得呼吸困难，难以做出合宜的反应。

"嗯。肯定是这样的吧。"菜菜说道，"最近我一直在想这些事。如果我不改变的话，他肯定也不会改。因为拓也哪怕一时会反省，但过了一段时间，又会恢复成老样子。"

"真是小瞧人！那家伙！"麻衣愤愤不平。

"所以，我如果要改变，就必须做个决断。而我们夫妻俩要改变的话，那也只能离婚了。"

"嗯。""就是。"爱美和麻衣深深地点头。

"自己要提出离婚，真的很需要胆量。以前是我太懈怠了，感觉过去偷的懒现在都变成回旋镖飞回自己这边了，非常痛苦。不过我想，自己的这种行动，也是让他负起责任的方法，这样我们才能好好地结束这段关系。当然我也有许多不安，不过这一切也是为了小树。只能带着这种信念行动起来。"

"太棒了！"麻衣鼓起了掌，"我现在，鸡皮疙瘩都起来了。对于离婚，菜菜你考虑得那么深远，我都想把你写进文章里了。"

"饶了我吧！"菜菜故作发愁地朝她摆摆手。

"和拓也说到哪儿了？"爱美问道。

"我和他说了想要离婚后，就一直被他巧妙地岔开话题。上周他情绪变得不好后又开始无视人了。所以我带着小树离家出走了。我也跟父母说明了情况，总算获得了理解。接下来就是和律师好好商量，看看现在住的公寓要怎么处理。按照以往的案例，律师说可能得不到离婚补偿金，但是孩子的养育费应该是不成问题的。"

菜菜说明现状时的态度非常果断。在彩子眼中，一起工作时的菜菜、来自己与小西同居家里做客的菜菜、今天的菜菜，样子在不断地变化中。

"妈妈。"

孩子们从里面的房间出来了。好像是玩游戏的限制时间到了。

妈妈们的表情瞬间切换，客厅一下子热闹了起来。

菜菜的孩子最小，一开始是坐在她的大腿上，但一会儿就厌倦了，爬下来说要喝水。菜菜从背包里拿出水壶递给了他。孩子稍微喝了一点儿后，又爬到了菜菜的腿上，问道："什么时候回去？"

"可不能说这样的话。"菜菜一着急，马上苦笑道，"小孩子说话，真是随心所欲。"

"那，要不要和姐姐一起玩？"

出人意料地，麻衣站了起来。孩子们还很小，也许是看到穿着黑色连衣裙身形苗条的麻衣跟妈妈的感觉很不一样，显得有些害羞但又有一种别样的喜悦，马上叽叽喳喳地回答说要玩要玩。

"拿那个给我吧！"

最大的男孩跟爱美撒娇。"那个"是指无人机造型的迷你玩具，爱美一拿出来，孩子们立马活跃起来。

"咦？这个是什么啊？好厉害的样子。在屋子里太窄了玩不开,要不我们去外面?"麻衣提议后,孩子们特别高兴。

"可以啊,这附近有可以玩无人机的地方,就是那儿。"

"太好了。那让我拍点素材吧。我会注意不拍到孩子们脸的。还有,可以借镜子给我用用吗?我再涂一遍防晒霜。"

目送麻衣拿着化妆包走向更衣室后,爱美把孩子们外出需要的东西一个个拿了出来。有帽子、驱虫喷雾、饮料之类的。彩子看到带孩子出门要准备这么多东西,内心感叹不已。

"彩子对不起啊,还让你一起陪着。"

出了玄关后,菜菜跟彩子表示了歉意,但是彩子对这些一点儿都不讨厌,反而觉得只要菜菜心情能变好,一切都好说。她刚才听到菜菜吐露的心声后,自己内心也有所触动,此刻正在反思——

我觉得一个人在别人面前表现出来的样子,其实就是平时别人如何对待他的反照。说白了,他现在的这个样子,是我造成的。

在今后和小西的婚姻生活中,自己呈现给他的样子,一定也会造成他对待自己的方式。彩子觉得,婚姻既能给人指明方向,也会让人固步自封。如果不拿出勇气好好面对,肯定会受困于自己画下的牢笼。

"说真的,我并没有得到正式的求婚。"彩子小声嘟囔道。

"嗯?"走在前面的菜菜回过头来问道。

"没什么。"彩子用笑容搪塞了过去。

即便在这里跟大家说了自己没被求婚的事,对现状也不会有任何改变。

对于和小西的婚事,自己心里的疙瘩应该就在这里,彩子心想。

自从俩人生活在一起之后,做的所有事情,过程中都有小西"恩准"的影子。

彩子知道小西本身并没有意识到发出这些"恩准",但是如果自己本身有被"恩准"的感觉,那这就是一个问题。

—— 假装不在意就是一种怠慢。

虽然当时彩子默不作声,但是她觉得只有自己真正理解了菜菜的话。对于彩子来说,就连结婚都有一种被人"恩准"的感觉,这一直让她感到害怕。她感受到了自己和小西力量关系上的悬殊,同时害怕失去小西。

"小心点。"菜菜在呼唤奔跑中孩子。彩子一边用眼神追随着菜菜的身影,一边感受到自己内心隐隐升起一股强烈的情绪。

还是我来向小西求婚吧,彩子下定了决心。

这才是我面对小西的方式。他面对我的方式,由我如何面对他来决定。

麻衣能和孩子们玩得这么开心,让爱美很意外。她好像上传过有关防晒的视频,但这回却连帽子也不戴,笑容灿烂地四处奔跑。

大人发自内心的喜悦也许感染了孩子。优斗、春斗和小树都开心地围绕在麻衣的身边,这让在远处看着一切的爱美感到格外闪耀。

春斗手里拿着的是用轻便材料制作的新款彩色竹蜻蜓。因为河岸边的风比较大,所以大家移到了阴凉处比较多的公园。这种虽然小但是可以飞在空中的玩具深受孩子们的喜欢。这是疫情期间停课休园的时候在网上买的。之前这个公园还不允许玩球,所以除了设置在那里的儿童游乐器械,还会用竹蜻蜓或者肥皂泡给孩子们添一点儿新的乐趣,也是为了让总被关在家里的孩子们多少开心些。

今年的梅雨季节因为雨少导致异常酷热,反而是七月让人觉得舒适些。

公园里到处都是樱花树,因为树荫比较多,所以这个季节很适合让孩子们在这儿玩耍。往年这时候毛毛虫比较多,但是今年没什么问题。也许是因为六月热得异常,新闻上报道过说今年蝉羽化不太顺利。这会儿的蚊子和牛虻也似乎比往年的少,再加上河边吹来的微风,今天比平时凉爽许多。孩子们生活的环境，未来在全球变暖的影响下会走向何方呢。

爱美正心不在焉地浮想联翩，不经意地抬头，发现菜菜和彩子正单手拿着塑料水瓶坐在树荫下的长凳上交谈着什么。一个正准备离婚，一个刚定下婚事。同岁的两个人正迎向不同的人生。

不过话说回来，爱美想到今天碰见彩子和麻衣的时候，闻到了从她们身上飘过的淡淡香味。发现她们都喷了香水，爱美有点儿吃惊。麻衣视频里展现的形状各异的可爱小瓶子、介绍给大家的各色香水，对她来说简直是来自另一个世界的传奇，向来都是看看就算了。

以前收到过麻衣亲自调制的香水，虽然用过几次，但都没有形成习惯。毕竟从事的是和食物打交道的工作，所以对于使用香水还是有点儿顾虑。

周末也没有想到去用，是因为内心还没有从容到那个地步。一方面是要面对母亲的疾病和丈夫公司的停业，另一方面是对孩子们的状况一直感到不安，很难优雅地享受穿衣打扮，连带着皮肤和头发也变得粗糙了。

但还是，有点儿想变美，爱美心想。

——想变得美丽。

这是一种突然涌入内心的，全新的想法。已经好久没有这么想过了,爱美不禁独自害羞起来。但同时,爱美想起麻衣在视频中提到的有关香水的话。她不由得受到了一丝鼓舞。

那段话出自有关香气持续性的视频。

香水会因为配料中各种成分在挥发性上的差异,而导致香气随时间产生不同变化。刚喷洒到肌肤上的时候,最初几分钟的香气叫前调,紧接着的香气是中调,而接下来的香气,被称为后调,会一直持续到最后。不少人都说,后调才是香水真正的味道。但很多人不知道,其实喷上香水后,是需要等一会儿的。因为啊,出门的最佳时间,是在中调的香气稳定之后。

她第一次听到麻衣在视频里的解说时,心里啧啧赞叹。

不过话说回来,中调也是在后调之前非常重要的香气。一般中调的味道会强烈些,是香水的灵魂部分,所以我总以中调为标准来选择香水。

香水的味道会渐渐产生变化,爱美之前并不知道,因为她原来就没怎么好好用过香水。

看到那期视频时,爱美第一次在脑海里思索"真正的香气"。

"哎呀,累到了!让我歇一会儿。"

看来是玩累了,麻衣跑到了爱美的身旁。在树缝间洒落的阳光照射下,麻衣额上的汗珠晶莹闪烁,整个人熠熠生辉。

优斗和春斗喝了水后又精神地跑向秋千。小树也许是有点儿累了,坐在了菜菜的腿上。暮色将近,天光渐变,而微风正静静吹拂。

"辛苦了!谢谢你和孩子们一起玩!"爱美说道。

"没事儿,我拍到了很棒的镜头!"麻衣满足地微笑着,一边从背包里拿出防晒霜重新涂起来。

即便挥洒着汗水,麻衣身上还是传来阵阵怡人的芬芳。而且她不看镜子就能把防晒霜涂得很均匀,让爱美佩服不已。

爱美突然想问麻衣一个问题。

"麻衣啊,你身上的味道一直很好闻。今天也是用了自己做的香水吗?"

"咦?这个吗?这是我买来的。最近没怎么做香水呢。"

"你视频里不是提到过吗,就是,香水的香气会慢慢发生变化。"

"嗯?"

"怎么说呢,我突然想起你说过的话。"

"怎么了?"麻衣爽朗地笑了。

优斗和春斗才坐了一会儿秋千就又失去了兴趣,跑过来找麻衣。看到说着好吧好吧走向孩子们的麻衣,爱美笑了。

我们现在，正处于中调的阶段吧。

这是刚才爱美欲言又止的话。我们现在还没有到后调的阶段。虽然也有迷茫和困苦，各自都有许多要去承受，但我们都还没有成为真正的自己。那么，我们什么时候才能找到真正的自我？我们对自己足够坦诚吗？也许这些事情一想起来就没有尽头。但有一点是可以确信的。那就是，我们现在还处于中调这个阶段。

孩子们重新荡起秋千，麻衣又回到了爱美的身边。

"我现在，用着麻衣送给我的香水。"彩子说道。

不知何时，彩子和菜菜也来到了这边。

"那是菜菜招待我去她家做客的时候。那时候的世界，还没有变成现在这个样子。我记得当时，麻衣给我们讲过关于香水的事。"

"现在这个样子。"是啊，那会儿谁都没想到，世界会变成现在这般见个人聚个会都得小心翼翼的样子。

"欸？我有跟大家说过香水的事吗？"麻衣歪头思考。

"说了说了。"菜菜也附和着，但麻衣不太记得了。

"我自己虽然没怎么注意到变化，但也许，的确是在渐渐变化吧。当时听你说的时候就很感兴趣。收到香水后，虽然是过了一段时间才开始用的，但现在时不时就会喷。"彩子说道。

"咦，还在用吗？香味有没有变弱？"麻衣难以克制心中的喜悦，红着脸问道。

"应该没有。"彩子答道。

"那要不我以后再做点儿吧。"麻衣说道。

听到这个,爱美从心底希望她再做一点儿。

她又考虑起即将失去重要家人的拓也。那个家伙,因为无法挽回的错误,将不得不和菜菜还有小树分开,这个结局已经无法改变。但是,说不定拓也也在为了成为真正的自己而做着准备。作为同期,至少想这样去看待他,爱美正想着,突然感到脖颈上一滴清凉。

"好像是雷阵雨?"爱美嘀咕了一句后开始招呼大家,"差不多该回去了哦!"虽然孩子们一脸不情愿,想接着玩。但到底是听到了快下雨,兴冲冲地做着回去的准备。

不出所料,果然中途下起了雨。

彩子打开了带着的晴雨伞,但到底遮不住全部人,于是大家都跑了起来。

春斗边跑边喊着:"下雨啦!"

"安静点儿!"优斗嘴上是这么说,但不一会儿也和春斗一样叫了起来。

"下雨啦。"听到这个,爱美内心一阵窃喜。从心底感谢和孩子们一起在外面玩耍的麻衣,当然还有一起来到家里的菜菜和彩子。脸庞感受着细雨的滴答,爱美从心底觉得每一个人都那么可贵,因为大家都努力活在这个不断变化的当下。

转过街角就看到了家。在微温的细雨润湿地面之前,大家总算赶了回来。看到大家被雨打湿的头发,爱美想着得赶紧把毛巾拿出来。

接下来的日子,小西和彩子会组成一个什么样的家庭?麻衣的视频会如何发展?即将成为单亲妈妈的菜菜又将如何生活?此刻,一切都是未知数。爱美也不知道自己的家人将会迎接何种变化。其实再怎么准备和预测,将来会发生什么谁也不知道。

即便如此,为了成为真正的自己,也要怀抱未知,努力活在当下。

不过现在有一点是可以确定的。在今天告别的时候,自己会由衷邀请大家再来做客。

"我回来啦。"

对着空无一人的房间,优斗和春斗大声招呼,而紧跟在后面的几个人,也异口同声地说出了同一句话。

(全文完)

图书在版编目（CIP）数据

90后的她/（日）朝比奈明日香著；吴琴译．
北京：北京联合出版公司，2025.6. -- ISBN 978-7
-5596-8414-1

Ⅰ．I313.45

中国国家版本馆 CIP 数据核字第 2025QS4147 号

Midorunoto © 2023 Asuka Asahina
All rights reserved.
Originally published in Japan by Jitsugyo no Nihon Sha, Ltd., Tokyo
Simplified Chinese edition arranged with Jitsugyo no Nihon Sha, Ltd.
through CA-LINK International LLC

北京市版权局著作权合同登记号　图字：01-2025-0354 号

---

90 后的她

作　　者：[日] 朝比奈明日香
译　　者：吴　琴
出 品 人：赵红仕
策划监制：王晨曦
责任编辑：李　伟
特约编辑：陈艺端
美术编辑：陈雪莲
营销支持：风不动

北京联合出版公司出版
（北京市西城区德外大街83号楼9层　100088）
北京联合天畅文化传播公司发行
上海盛通时代印刷有限公司印刷　新华书店经销
字数143千字　787毫米×1092毫米　1/32　7.5印张
2025年6月第1版　2025年6月第1次印刷
ISBN 978-7-5596-8414-1
定价：49.00 元

版权所有，侵权必究
未经书面许可，不得以任何方式转载、复制、翻印本书部分或全部内容。
本书若有质量问题，请与本公司图书销售中心联系调换。
电话：010 - 64258472 - 800